주영선

2004년 강원일보 신춘문예를 통해 등단하고, 2008년 장편소설 『아웃』으로 제6회 문학수첩 작가상을 받았다. 2012년에는 작품집 『모슬린 장갑』으로 강원 작가상을 수상했으며, 2014년 가톨릭관동대학교 일반대학원에서 〈박완서 소설에 나타난 가족 로망스〉로 석사학위를 받았다. 2017년 가을부터 직장생활을 접고 작가 레지던스와 바다가 보이는 개인 작업실을 옮겨 다니며 소설을 쓰고 있다.

아웃
Out

주영선 장편소설

gasse•가쎄

차례

1. 잔치

위현보건진료소 준공식 현장에 부는 초겨울 아침 바람은 매서웠다. 보건소장은 특유의 조급증으로 8시부터 시보건소 직원들을 앞세우고 위현리로 왔다. 준공식은 10시로 예정되어 있었다. 스무 평 정도의 낡은 건물에서 근무하다가 두 배의 크기로 신축된 건물에서 새롭게 시작하는 날이었다. 보건소장이 신경질적인 목소리로 시보건소 직원들을 재촉하며 고사 지낼 준비를 시키는 동안 나는 잠시 고개를 들어 바람이 내려오는 령꼭대기를 바라보았다. 언제부터인가 하나, 둘 늘어나기 시작한 풍력발전기가 팔을 벌린 채 쉴 새 없이 돌아가고 있었다.

나는 위현보건진료소의 유일한 직원이었다. 간호대학을 졸업하고 일반 간호사 자격증으로는 할 수 없는 독자적인 진료를 위해 6개월간 의과대학에서 공부한 후 무의촌 보건진료소장이라는 자격을 갖게 되었다. 시 산하에는 나를 포함해 10명의 보건진료소장이 혼자 근무하며 시보건소장의 감독과 지시를 받고 있었다.

"그다음은 진료소장님 차롑니다."

행정서기 조동우가 다가와 눈짓을 했다. 남자들이 획일적으로 검거나 감색의 양복바지 속에 든 탄력 없는 엉덩이를 쳐들고 돗자리 위에서 절을 하고 있었다. 나도 곧 그런 자세로 절을 해야 한다는 것이 내키지 않았다. 내가 다른 동료들처럼 기독교 신자라든가 하는 핑계를 댄다면 돼지머리 앞에 머리를 조아리는 일은 모면할 수 있을 것이다. 그러나 고사상 앞에 멀거니 서서 보건소장의 눈총을 받아내는 것도 만만한 일은 아니었다. 다행히 나는 하얗고 긴 의료가운을 입고 있었다.

내가 신발을 벗고 돗자리에 올라가 봉투를 돼지 입에 물리는 순간, 퍽, 하는 소리가 났다. 가장 먼저 준공식 행사장에 도착해 있던 홍콩 야자수 화분이 몸을 가누지 못한 채 쓰러졌다. 리본을 보니 시의회에서 보낸 것이었다. 보건소장이 인상을 구기며 조동우에게 눈짓을 했다. 나는 얼씨구나, 하는 심정으로 몸을 돌려 구두를 찾아 신었다. 아는지, 모르는지 누구도 내게 절을 하라고 말하지 않았다. 사람들은 깨진 화분과 흙바람이 몰아치는 고사상 위에 더 신경을 곤두세웠다. 조동우가 쏟아진 흙을 맨손으로 끌어 담았다.

내가 물러나자 이장이 구두를 벗고 돗자리 위로 올라섰다. 그는 보건진료소 운영협의회장직을 맡고 있었다. 시에서는 그에게 그 대가로 수당을 지급했다. 수당만큼 그가 하는 일은 없었지만 보건진료소 신축으로 모처럼 그는 협의회장 역할을 했다. 신축 부지를 알아보는 등 어떤 일을 앞두면 으레 시끌시끌하기 마련인 주민들을 상대로 뒷말이 없게 일을 추진했다. 이장 덕분인지, 아니면 내가 운이 좋아서인지, 그것도 아니면 보건소장, 혹은 담당 공무원인 조동우가 운이 좋아서인지 보건소장이 의욕적으로 추진한 보건기관 10개의 신축 공사 중에서 가장 잘된 케이스라고 했다.

건물은 약간 서남향에 때마침 생긴 앞산의 풍력발전기가 한눈에 전망으로 들어와 아파트로 치자면 조망권이 좋았고 잔디와 주목을 아낌없이 심은 마무리 조경까지 모든 것은 완벽했다. 마을 사람들은 때마침 옆에 함께 들어선 장상구의 아담한 집과 신축 보건진료소 때문에 마을이 훤해졌다며 자기 일처럼 좋아했다. 그럴 때마다 내가 수시로 이장님 덕분이라고 말했더니 이장 또한 싫지 않은 눈치였다. 식이 시작되면 이장은 공로패를 받기로 되어 있었다.

보건소장이 무슨 이유에서인지 조동우를 발길질했다. 나는 보건소장의 다혈질에 이골이 나 있었기 때문에 놀라지도 않았다. 건물이 완공될 즈음, 보건소장은 준공식 날짜를 오락가락하게 하더니 결국 예정보다 일주일이나 갑자기 앞당겼다. 업자들이 당황했고 전기공사가 마무리되지 않아 난방은 물론 청소기조차 작동시킬 수 없는 상황이었다. 조동우와 나는 일요일까지 반납하고 출근할 수밖에 없었다. 용역업체에서 마을회관의 전기를 끌어 대강 준공 청소를 마치고 돌아간 후, 조동우와 나는 컵라면을 먹었다. 그때 조동우를 슬쩍 떠보았더니 보건소장이 시장의 일정을 고려하여 준공식 날짜를 앞당긴 것 같다고 말했다.

"저건 무슨 시계지요?"

조동우가 면발을 건져 올리며 포장을 뜯지 않은 시계를 가리켰다. 준공식을 기념하여 두 개의 시계가 들어왔다. 한 개는 도청에서 의례적으로 신축관공서에 보내는 벽시계이고 조동우가 가리킨 다른 한 개는 마을 주민 박도옥이 보낸 디지털시계였다. 박도옥은 한사코 사양하는 내게 시계를 내밀며 말했다.

"음력, 양력 다 나오는 시계라 노인들이 많이 오는 진료소에 걸면 좋을 거요. 8만 원이나 주고 홈쇼핑에서 주문한 거니까 더 이상 사양 말고 늙은이 성의다, 생각하고 받아요."

마을에서는 리마다 대형거울이나 대형화분을 준공기념 선물로 보내왔지만 개인이 기념선물을 하는 건 박도옥이 유일했다. 나 개인을 보고 주는 게 아니더라도 부담스러운 일이었다. 사람들, 평소 변덕이 심하고 기대심리가 높은 노인의 지나친 호의는 경계해야 한다는 것을 알면서도 나는 어쩌지 못했다. 조동우는 앉은 채 내부를 새삼 둘러보더니 도청에서 온 시계는 다른 진료소 준공식 때처럼 현관에서 안으로 들어왔을 때 가장 잘 보이는 전면에 걸고 디지털시계는 건강증진실에 걸자고 하며 드릴을 들었다가 전기가 안 된다는 것을 알고 다시 못질을 했다. 그날 오후, 보건소장이 등산복 차림으로 불쑥 나타나 사무실을 한 바퀴 둘러보더니 난데없이 조동우에게 욕설을 퍼부었다.

"야, 이 쌍놈의 새끼야. 한두 번 해보냐? 어떻게 할 때마다 이 지랄이냐?"

박도옥의 시계 때문이었다. 아니, 시계가 구실이었다. 보건소장은 당장 디지털시계를 떼어버리라고 고함을 쳤다. 까만 바탕에 빨간 글자가 보이는 디지털시계 하단에 '전한식과 박도옥 기증'이라 적혀 있었다.

"제발 좀 구질구질하게 이것저것 갖다 걸지 마. 정 달고 싶으면 시장님 다녀가신 다음에 달든가!"

마을 주민이 증정한 것이라는 것을 모를 리 없는 보건소장의 거친 반응에 나는 심한 모욕감을 느꼈다.

조동우를 발길질하고 돌아서는 보건소장과 내 시선이 부딪혔다. 나는 무표정하게, 그러나 절대 시선을 피하지 않는 것으로 어제의 일까지 합쳐 경멸을 감추지 않으며 안으로 들어왔다. 아직 준공식이 시작되려면 한 시간이나 넘게 남아 있었다.

나는 온갖 화학물질이 떠돌고 있는 새 진료실 안을 오가며 밖을 바라보았다. 장상구가 팔짱을 낀 채 이쪽을 바라보고 있었다. 관공서답지 않게 높이 솟은 첨탑 형상의 지붕과 옆으로 덧댄 아치형 조형물의 그 드러남 때문인지, 장상구는 공무원들하는 일이 다 저렇게 속 빈 강정이라느니, 시멘트와 골조가 불량이라느니 하며 수시로 보건진료소 건물을 흠잡았다.

장상구는 몸이 약한 아내, 이화실을 위해 조용한 시골 교회에서 텃밭을 일구며 신앙생활을 할 계획으로 집을 짓는다고 했다. 박도옥도 장상구의 존재에 대해 거들었다. 한때 시내의 지방 유지였다는 장상구의 아버지와 어떤 친분이 있었다며 마치 죽은 아들이 살아온 것 마냥 마을 사람들을 붙들고 호들갑을 떨었다. 이런저런 소문을 종합해보면 장상구는 돈 있는 집안의 맏아들이었는데 아버지의 재산을 거의 탕진한 후, 자의 반 타의 반으로 쉰이 넘어서 마을로 들어온 것이었다. 아무튼 나는 보건 진료소를 짓는 내내 마을의 이런저런 사람들의 집요한 관심과 민감함이 불편했고, 그에 따른 보건소장의 세심하지 못한 행동이 불안했다.

고사를 끝낸 관계 공무원들 몇몇은 풍력발전기의 날개처럼 그 자리에서 맴을 돌며 돗자리를 말고 집기들을 정리했다. 그보다 가장 먼저 보랏빛 슈트 정장을 한 여직원 이영희가 돼지머리에 물린 봉투를 한 움큼 들고 자신들이 타고 온 관용차를 향해 달려갔다가 되돌아왔다. 이영희에게 주어진 가장 큰 소임은 돈 봉투를 챙기는 것인가 보다, 라고 나는 생각했다. 그 사이, 조동우는 어디선가 노끈을 구해 쓰러진 화분을 테라스 위로 올려놓고 알루미늄 난간에 동여매느라 안간힘을 썼다.

나는 거울 앞에 서서 옷매무새를 다시 한 번 점검했다. 하얀 가운 안에 감색 실크블라우스와 검은 바지가 단정하고도 단호한 느낌이었다. 바람만 멈춘다면, 잠시 후에 시작할 준공식에서 아침 일찍부터 세팅한 단발머리도 적당한 컬을 유지해 줄 것이다.

"소장님 계세요?"

누군가 미닫이 중간 현관문을 드르륵 밀고 들어왔다. 누군가,

라고 하긴 했지만 목소리의 주인공이 감별되자 본능적으로 내 몸에서 거부감이 일었다.

　박도옥은 건물을 신축하는 내내, 아니, 그 이전부터 내게서, 혹은 보건진료소에서 시선을 떼지 못했다. 올해 68세인 박도옥이 이 마을에 처음 온 건 10년 전이라고 했다. 자식은 없었고 중학교에 다니는 외손녀를 키우고 있었다. 아들은 몇 년 전에 자살했고, 그 이듬해 며느리는 집을 나갔다고 마을 사람들은 말했다. 박도옥의 말로는 딸이 일본에서 사업을 한다고 하는데 십 년이 넘도록 딸을 본 사람은 없었다.

　박도옥은 여름이고 겨울이고 늘 챙이 있는 동그란 모자를 쓰고 다녔다. 빨간 립스틱을 즐겨 바르고 손톱을 늘 기른 상태로 유지했다. 마을에 어떤 쟁점이 있는 일에 관여할 때는 평소 길러 두었던 손톱 위에 립스틱 색과 맞추어 빨간 매니큐어를 발랐다. 박도옥은 누군가 새로 이사를 오면 미리 가서 어떤 방법으로든 남보다 먼저 자신을 각인시켰고 이웃끼리 사소한 언쟁을 해도 알고는 모른 척하지 않았다. 반드시 사과할 사람과 사과받아야 할 사람을 구분 지어 그 자리에서 충고했고 또 이집 저집을 다니며 그 결과를 보고했다.

　"어서 오세요."

　나는 거울 앞에서 물러나며 박도옥을 향해 다가갔다.

"혈압 좀 재려고⋯⋯."

내 시선을 피한 채 내부를 둘러보는 그녀의 안색이 좋지 않았다. 나는 박도옥의 시선이 도청이라고 적힌 시계에 머무는 것을 놓치지 않았다. 부하직원을 함부로 하는 보건소장의 오버액션이 시장이 출현할 때까지의 초조감에서 시작되듯 박도옥의 안색에서도 어떤 초조감이 읽혔다.

박도옥은 자동혈압계 앞에 앉아 익숙하게 혈압을 쟀다. 그녀의 손톱은 그 어느 때보다 길고 빨갰다. 나는 문득, 그녀의 젊은 날이 궁금해졌다. 당신의 혈압은 160에 110입니다. 자동혈압계는 커프가 풀리는 즉시 기계음으로 측정치를 알려줬다. 나는 자연스레 별 생산성 없는 유추의 유혹에서 벗어났다. 박도옥의 과거가 무슨 상관인가.

컴퓨터에서 박도옥의 진료일지를 찾아 숫자를 넣었다. 숫자는 확장기, 수축기에서 자동으로 모두 빨갛게 표시되었다. 최근 박도옥의 혈압은 정상 수준이었다. 수축기와 확장기 양쪽 다 빨갛게 표시되는 건 근래 처음이었다. 나는 빨간 숫자를 무슨 암시처럼 한동안 불안하게 들여다보며 박도옥에게 아침에 약을 먹었는지 물어보려다가 그만뒀다. 그녀의 관심사는 혈압이 아니었다.

"식이 몇 시지요?"

박도옥이 물었다.

"열 시요."

박도옥은 시계를 다시 한 번 올려다보며 나갔다. 박도옥의 안색이 기공식 다음 날을 떠올리게 했지만 도리가 없었다. 나는 그저 한바탕 불고 지나가는 바람처럼 그녀의 욕망이 가라앉길 바랄 뿐이었다.

기공식은 지난 7월이었다. 농번기라 대낮의 마을은 텅 비어 있었다. 대농은 아니지만 마을 사람들은 조금씩 논이나 밭을 가지고 있고 그렇지 않은 사람들은 품팔이를 나갔다. 큰일을 치러 본 경험이 없는 나는 사무실 신축을 앞두고 부담이 컸다. 솔직히 말하면 성가신 것 같아서 그냥, 스무 평 남짓한 낡은 사무실에서 그대로 근무하고 싶었다. 그러나 그것은 내 바람일 뿐, 이미 관내의 열 개 보건진료소 중 아홉 개가 신축을 마쳤다. 내 의지와 상관없이 부지가 선정되고 기공식 날이 잡혔다. 조동우는 내게 이장과 부녀회장에게 연락을 해주고 간단한 막걸리 안주와 그릇, 도마 등을 준비해달라고 했다. 나는 부녀회장인 장달자에게 연락을 했다. 그녀는 박도옥과 동갑이었다.

기공식은 간단하게 치러졌다. 이장과 보건소장과 담당 계장, 그리고 현장소장과 내가 돼지머리에 봉투를 물리고 절을 했다. 기공식이 끝난 다음, 보건소장이 말했다.

"가까운 주민들 떡 드시러 오라고 연락해."

공사 현장소장이 해 온 시루떡 한 말이 돗자리 위에서 햇볕을 받고 있었다. 나는 일을 나가지 않고 집에 있을 주민들에게 전화를 했다. 박도옥도 포함되었다. 몇몇 사람이 나타나 보건소장이 내미는 막걸리 사발을 받았다. 다른 사람들과 잠깐 사이를 두고 나타난 박도옥의 안색이 밝지 않았다. 박도옥은 뭔가 불만에 가득 차 있었고 장달자가 내미는 시루떡도 먹지 않았다.

"야! 아까 그 돼지머리에 물렸던 돈 좀 줘 봐."

보건소장이 현장소장에게 말했다.

"아, 예."

현장소장은 작업용 조끼 주머니에 구겨 넣었던 지폐를 한 줌 꺼내어 그중의 몇 장을 보건소장에게 건넸다. 보건소장은 그 돈을 받아 장달자에게 휙, 던졌다.

"아이구 이게 뭐요?"

장달자가 놀라는 척하면서 벌어진 입을 다물지 못했다.

"잘 부탁합니다."

보건소장은 단지 그 한 마디를 하고 옆에 있던 이장에게 말을 걸며 화제를 돌렸다. 장달자가 구겨진 지폐를 셌다.

"어매, 이걸 왜 나를 주나?"

장달자는 지폐를 바지 주머니에 넣었다.

"앞으로 참도 좀 내오고 부녀회장으로서 진료소 짓는 일에 협조 좀 하라는 뜻이지."

마을 주민 누군가 그렇게 말했다. 박도옥이 벌떡 일어나 단 한마디 말도 없이 휭, 하니 돌아가 버린 건 그때였다.

다음 날 아침 박도옥이 다시 나타나지 않았다면 나는 모든 일을 잊었을 것이다. 소장님, 계세요. 박도옥은 그렇게 말하며 진료실로 들어왔다. 나는 가운을 막 걸치며 박도옥에게 앉으라고 했다. 박도옥은 내 손짓을 무시하며 책상 가까이 다가왔다.

"소장님, 이 마을에 오신 지 얼마나 되셨지요?"

나는 내키지 않는 웃음을 만들며 업무용 의자에 앉았다.

"마을에 오신 지 5년 정도 된 것 같은데 아직 잘 모르시네."

"무슨 말씀인지……."

"소장! 나 우습게 보지 마. 나, 이 동네 유지야. 어제 그런 자리에 떡이나 먹으러 오라 가라 해도 될 사람이 아니란 말이지. 무슨 말이냐 하면 이 마을에 무슨 행사 있으면 나는 당당하게 봉투 놓고 절할 사람이라 이 말이야!"

박도옥은 거슬릴 정도로 손을 들어 흔들며 의도적인 반말을 했다.

"소장! 한 가지 또 물어봅시다. 장달자는 처음부터 거기 있었 던 모양인데 봉투 놓고 절했어요?"

나는 대답하지 않았다. 장달자는 사람들의 거듭된 권유에도 불구하고 공사현장소장이 준비해온 시루떡과 수박을 썰며 끝내 절을 하지는 않았다.

"안 했지요? 안 했을 거야. 할 인간이 아니지. 의당 부녀회장이면 그 값을 해야지 그 값도 못하는 년한테 보건소장은 왜 돈을 주냐구! 소장이 보건소장한테 그렇게 하라고 시킨 거야? 그년이 어제 미니슈퍼에 와서 돈을 꺼내 보이며 자랑을 하고 난리가 났다구. 소장! 일처리 똑똑히 해요. 아무리 나이가 어려 잘 모른다고 해도 그런 식으로 하면 안 되지. 아시겠지요?"

마을 사람들이 하나둘 모여들었다. 준공식 초대장을 보내는 일은 조동우와 이장이 했다. 정수리가 훤할 정도로 머리카락이 빠져서 늘 모자를 눌러쓰고 보건진료소 앞을 지나던 목사도 오늘은 모자를 벗고 양복을 입었다. 그 옆에 선 목사 부인 방명희는 하이힐을 신어서인지 목사보다 키가 훨씬 커 보였다. 맺힌데 없이 늘 웃는 얼굴인 강 장로가 방명희와 뭔가 이야기를 나누고 있었다. 장상구와 비슷한 시기에 교회 옆 빈집에 둥지를 튼 우 씨와 한때 떵떵거리고 살았다는 말이 사실인 듯 그의 아내 김분옥도 펄이 들어간 분홍색 투피스를 화사하게 차려입었다. 김분옥의 남편 우 씨는 일흔이 넘은 마을 주민 강 장로를 대신하여 교회 승합차 운전과 교회 잡일을 했다. 교회 행사 때마다 주방 일을 도맡아 하는 최숙자와 장로 부인은 마을회관에서 점심 식사를 준비하고 있을 것이다.

반장들과 이장, 노인회장이 모두 보이는데 뽀얗게 분을 바르고 동그란 눈을 쉴 새 없이 움직이는 위현1리 2반의 여자 반장, 최지자가 보이지 않았다. 그녀는 늘 이장이 하던 위현보건진료소 운영협의회장직을 맡고 싶어 했다. 마을 이, 반장 회의에서 보건진료소장이 여자니까 협의회장도 여자면 진료소장이 더 일하기가 수월할 것 같다며 일방적인 의견을 냈으나 관철시키지 못한 것이 작년이었다.

시보건소의 기능직 직원들이 트럭에 싣고 온 접이식 의자를 마당에 줄을 지어 배치했다. 마이크와 앰프가 설치되고 분홍색 리본을 단 대형화분과 서양란 몇 개도 속속 도착했다. 바람은 여전히 사람들의 머리카락을 헝클며 물러나지 않았다. 대부분 마흔을 넘겼지만 아직 몸매가 무너지지 않은 시보건소 여직원 몇이 화사한 차림으로 손님들을 안내했다. 보건소장은 잠시도 그 여직원들과 바삐 움직이는 진행요원들 사이에서 눈을 떼지 않았다. 그것을 의식하고 있는지 직원들의 움직임은 분명 시간이 아닌 다른 무엇엔가 시종일관 쫓기는 듯했다.

"시장님이 출발하셨대요."

조동우가 안으로 들어왔다.

"네."

초조감이 느껴지는 조동우와 반대로 나는 우왕좌왕할 위치가 아니라고 스스로에게 다짐시켰다. 나를 직접적으로 간섭하지는 않고 있었지만 보건소장의 또 다른 눈은 나를 향하고 있다는 것을 모르지 않았다.

조동우를 따라 나가자 과장이 눈인사를 했다. 과장은 고사를 지낼 때까지 보이지 않았다.

"오셨어요?"

과장은 말없이 웃었다. 낡고 유행이 지난 회색빛 양복이 추워 보였다. 지난가을 관내 보건진료소 일제 지도점검 때, 그가 우리 동료 전우희의 품위손상부문을 적발하여 상부에 보고한 후 더욱더 입지가 좁아지고 있다는 말이 들려왔다. 전우희는 병원에서 근무하다가 몇 년 전, 쉰을 바라보는 나이에 퇴직자의 후임으로 우리의 동료가 되었다. 늦은 나이에 이혼을 하고 무의촌 진료소장이 된 그녀는 혼자 공무원으로서 품위유지를 하며 살아간다는 것이 쉽지 않았을 것이다. 그래서였을까. 그녀는 마을 부녀회원들과 계모임을 만들어 계주가 되었다. 곗돈 분배문제로 말썽이 불거지지 않았다면 외부의 누구도 그 사실을 알지 못했을 것이다. 그녀의 작은 아버지가 이 지역 국회의원을 지냈다는 사실은 공무원들 사이에서 인수인계사항일 만큼 전우희는 특별대우를 받았지만, 감사원 감사를 앞두고 미리 한 자체점검에서 과장은 전우희의 문제를 그냥 덮고 갈 수는 없었을 것이다. 그러나 시간이 흐를수록 당사자 전우희보다 과장이 점점 더 위축되어 가는 것 같았다.

정원 입구에 서 있던 보건소장이 황급히 도로로 달려 나갔다. 검은 세단이 마을 회관을 막 지나 식장을 향해 다가왔고 주변은 찬물을 끼얹은 듯 조용해졌다. 보건소장은 시장이 내리는 쪽의 문을 잡고 허리를 90도 굽힌 채 서 있었다. 시장이 직원들의 인사를 받으며 마을 사람들이 앉아 있는 쪽으로 다가왔다. 그는 만면에 웃음을 띠고 모든 사람들을 골고루 의식했다. 그리고 천천히, 이미 자리를 잡고 주민과 마주 보고 앉아 있는 귀빈들에게 악수를 청했다.

식순에 의해 준공식이 시작되었다. 부녀회원들을 데리고 마을회관에서 음식을 준비하고 있던 장달자가 어느새 내 옆에 앉아 있었다.

"잘 돼 가죠?"

"그러엄!"

준공식 메뉴는 소머리 국밥과 떡, 과일, 술, 도토리묵 무침 등이었다. 비용은 보건소에서 절반을 주었고 그 나머지 절반은 보건진료소 기금에서 사용했다. 소머리를 두고도 장달자와 박도옥의 신경전이 있었다. 서로 자기가 알고 있는 집의 것을 팔아주기 위해 문지방이 닳도록 나를 찾아왔다. 나는 장달자가 시키는 대로 박도옥에게 말했다. 소머리는요, 보건소에서 사 오거든요. 제가 구입하지 않으니까 어느 집 것을 팔아줄 수가 없어요. 박도옥은 아쉬운 얼굴이었지만 더 이상 말하지 않았다. 장달자는 내게 돈을 받아 단골집에 가서 소머리 두 개를 사 가지고 왔다. 그 외 모든 물품 구입도 부녀회장인 장달자가 했다. 이에 질세라 박도옥은 트럭을 빌려 면사무소 복지계를 찾아가 그릇과 수저를 빌려왔다. 장달자는 여유 있게 마을 일에 역할을 맡았고 박도옥은 언제나 안달하며 그것만큼 하려고 애썼다.

시장의 축사와 감사패 전달 등으로 준공식은 20분 정도 소요되었다.

"곧 테이프 커팅식이 있겠습니다."

나는 보건소장과 시장 사이에 끼워졌다. 줄 끝에 장달자와 이장이 진행요원으로부터 면장갑을 받아 끼고 있었다.

오색 테이프가 잘리고 박수 소리가 나왔다.

30센티 길이 정도로 잘린 테이프를 조동우가 조심스레 종이에 싸고 있었다.

"자기가 자른 준공식 테이프를 챙겨달라는 사람이 있어서요."

"그걸 챙겨 뭘 한대요?"

"모르죠 뭐. 집에 보관하면 재수가 좋다나 어쩐대나……."

장달자도 오색 테이프 자락을 움켜쥐고 등을 보이며 부지런히 마을회관 쪽으로 걸어갔다.

사람들도 일제히 식사를 하기 위해 마을회관으로 몰려갔다.

시장과 보건소장의 점심상은 신축건물 2층에 차려졌다. 진행요원인 여직원들이 바삐 움직였다. 소머리 국밥과 떡으로만은 점심상이 초라하다고 느꼈는지 내가 준비하지 않은 장어구이가 상 가운데 두 접시 놓여 있었다. 내가 보지 못하는 사이, 장어구이는 시내 음식점으로부터 배달된 것 같았다.

"이리 와 앉아."

보건소장이 이리저리 움직이는 여직원들을 향해 말했다. 노인회장과 이장, 개발위원장, 시의원 등이 보건소장과 시장 주위에 둘러앉아 있었다. 여직원들이 익숙하게 그들 사이에 끼여 앉았다.

"진료소장은 시장님께 한 잔 따르고……."

이미 보건소장의 목소리는 새되어 있었다. 일일이 말하기 전에 알아서 척척 하지 않는다는 불만이었다.

"여러모로 관심 가져주셔서 감사합니다. 앞으로 더 열심히 하겠습니다."

나는 미흡하나마 모범답안을 작성해봤다.

"그래. 그래!"

시장은 과장되게 목소리를 높이며 술잔을 받았다. 나는 마을 대표들의 눈치를 살폈다. 그들은 아무렇지도 않다는 듯 고개를 주억거리거나 허허, 너털웃음을 애써 뱉어냈다.

"진료소장님, 제 잔 받아요. 애 많이 썼지요? 진료소장님이 우리 마을에 오신 후에 이런 번듯한 건물이 들어섰으니 진료소장님이나 저희나 아주 행운인 것 같습니다."

노인회장의 눈치 없는 찬사가 이어지는 동안 나는 보건소장을 살폈다. 역시, 그는 매우 불쾌하고 다른 한편 송구스럽다는 표정을 번갈아 만들며 시장과 나에게 시선을 나눴다.

"아, 예. 모든 게 시장님과 보건소장님, 그리고 마을 어르신들 덕분이죠."

나는 다시 이 정도면 모범답안이 될까, 염려하며 슬쩍 일어나 계단을 내려갔다.

박도옥이 진료실 소파에 앉아 있었다. 이 번잡한 시간에 그곳에 앉아 있는 박도옥이 의아했다.

"소장! 나, 수건 한 장 줘."

시공업자가 준비해 온 준공기념 타월의 분배를 나는 일찌감치 이장에게 맡겼다.

"이장님께 말씀하세요."

"이장이 안 보여."

이장은 2층에 있었지만 박도옥에게 2층으로 올라가보라고 할 수는 없었다.

"제가 이장님을 뵙게 되면 말씀드릴게요. 최지자 씨를 찾아보 시든가요."

박도옥과 최지자는 형님 아우 하는 사이였다.

"지자는 오늘 친환경 작목반 대표로 회의 간다고 했어. 2층 에 사람들이 있는 것 같은데……. 시장님이랑 다 거기 계시지?"

2층에 온 신경을 곤두세우고 있으면서도 박도옥은 선뜻 계단 을 올라가지는 못했다. 나는 네, 라고 짧게 대답하고 밖으로 나 왔다. 박도옥이 소파에 우두커니 앉아 있는 건 수건 때문이 아 니었다. 약장 옆 구석에 놓여있는 디지털시계가 겨드랑이 밑의 부스럼처럼 거슬렸다.

마을회관은 왁자지껄했다. 사람들이 내게 손짓을 하거나 인 사를 했다. 나는 신축건물 2층에서 따로 식사를 하고 계시는 높은 분들과 함께 서 있는 상상을 잠시 하며 혼자 식탁 주변을 차례로 돌았다. 그들이 오지 않는다면, 나 혼자서라도 초대된 손님들에게 인사를 하는 것이 도리라고 생각했다. 목사 부부가 교인들과 국밥을 먹고 있었다. 장상구와 그의 아내 이화실과 마 주 앉아 있는 조동우의 모습도 보였다. 장상구에게 술을 따르고 있는 조동우를 보며 나는 잠깐 신축건물 2층에서 술을 따르고 있을 여직원들을 떠올렸다. 건물을 짓는 동안, 장상구의 빈정거림은 조동우를 직접 향한 적도 있었다. 공무원들이란 작자는 다 정신감정 받아야 돼. 주목을 한 차 가득 들여와 보건진료소 정원에 심을 때, 장상구가 그 특유의 자세인 팔짱을 끼고 서서 한 말이었다. 그리고 다음 날, 정원은 만들지 않고 텃밭으로 쓰겠다던 마당에 그는 주목과 과실수를 빼곡하게 심었다.

최숙자와 장로 부인은 열심히 목사 앞에 먹을 것을 갖다 날랐다. 날렵한 미니슈퍼의 김옥화도 쟁반을 들고 바삐 움직였고 몇몇 부녀회원들도 자발적으로 일을 도왔다. 장달자는 주방 앞에 서서 쟁반을 들고나오는 부녀회원들에게 이번에는 국밥이 어느 상으로 가야 할지를 정해주다가 나와 눈이 마주치자 교인들이 앉아 있는 쪽을 손가락으로 가리키며 입을 삐죽거렸다. 장달자는 언젠가 목사가 술을 마신 자신의 아들이 교회 담벼락에 소변본 것을 나무랐다며 틈만 나면 목사를 비난했고 그런 목사를 우리 목사님, 우리 목사님 하는 교인들이라면 이를 갈았다.

주방도 바빴다. 미니슈퍼 아랫집에 사는 김금송이 가스레인지 앞에서 국밥을 뜨다가 나를 보고 겸연쩍게 웃었다. 마을 사람들은 김금송이 서울에서 살다가 왔다고 '서울집'이라고 불렀다. 법적으로는 남남이지만 실제로는 남편인 남자에게 실컷

두들겨 맞고 집을 나갔다더니 언제 돌아온 모양이었다. 김금송
은 장달자, 박도옥과 자주 어울리고, 또 그만큼 분쟁도 잦았다.

"빨리! 빨리! 벌써 국밥이 백 팔십 그릇째야."

장달자가 나를 흘끔거리며 목청을 높였다. 점심 배식은 무리
없이 잘 진행되고 있었다.

보건소장이 시장의 차 문을 열었다. 시장은 함께 식사했던 사
람들에게 악수를 건넸다. 마을회관에서 돌아오는 나를 보건소
장이 경멸 어린 눈으로 바라봤다. 그는 아침에 내가 그에게 건
넸던 그 눈빛을 그대로 돌려줬다. 시장이 차에 오르고 사람들
은 출발하는 차 꽁무니에 대고 허리를 굽혔다. 시장이 탄 차와
내가 스쳤다. 나도 아주 잠깐 차를 향해 몸을 숙였다. 허리를
폈을 때, 저만큼 보이던 보건소장의 차가 움직였다. 보건소장도
기사 딸린 관용차를 타고 사라졌다.

"소장님 화 많이 나서 가셨어요."

이영희였다.

"왜요?"

"그냥… 시장님 시중을 제대로 못 들었다고……."

"시중이라뇨? 무슨 시중요?"

나는 되물었다.

"아니, 그냥 뭐 저희 때문이죠 뭐."

그녀가 당황해했다.

보건진료소 준공식 때마다 준비요원이라는 이름으로 따라다니는 시보건소의 몇몇 여직원들은 어떠한 상황에서도 보건소장을 보호해야 자신들이 안전하다는 것을 아는 사람들이었다. 그런 처세에 대한 보상으로 그들은 세월이 가면 계장이 되고 과장이 되고 혹은 보건소장이 될 수도 있을 것이다. 그렇다고 그들이 진급도 못하는 최말단 기관의 별정직인 나 같은 사람에게 무례한 태도를 보이는가, 하면 그것은 아니었다. 늘 친절한 미소를 짓고 다소곳했다. 견고한 울타리 안의 꽃들에게 아우성은 금기일 것이다.

꽃들을 남겨두고 보건소장은 떠났다. 사랑방이 되게 해. 보건소장은 보건진료소 신축계획을 밝히며 우리들 앞에서 그렇게 얘기했다. 마을 사람들이 언제나 모여들 수 있는 곳, 부담 없이 모여들면 진료소장은 물리치료를 도와주고 약을 지어주고 말동무도 해주라는 것. 또 그는 내게 말했다. 준공식 때 최소 200명은 동원해. 진료소장의 능력을 보겠어. 주민등록상 인구가 360명 관할 지역에서 준공식 참석인원 200명 동원은 부담스러웠지만 장달자는 이미 이백 그릇이 넘는 국밥을 세었을 것이다. 물론 모두 마을 주민은 아니었다. 신축에 관여한 이런저런 업체 직원들, 인근 기관의 직원들, 하여튼 식장은 성황이었다.

그런데 식장에 온 이런저런 사람들과 함께 밥을 먹기는커녕, 단 한 마디 인사도 없이 줄행랑을 치듯 사라진 두 대의 관용차를 나는 오래 기억하게 될 것 같았다.

2. 명예

"진료소장님!"

마지막까지 남은 주민들을 배웅하고 막 돌아서려던 나는 되돌아온 조동우의 부름에 그 자리에 섰다. 조동우의 뺨이 상기되어 있었다. 그는 분명 준공식에 참여하지 못한 시보건소 민원 담당 부서의 직원들에게 나눠 줄 기념 타월을 챙겨 30분 전쯤, 마을을 빠져나갔다.

"일이 좀 생겼어요."

조동우는 보건진료소 안으로 들어와서도 소파에 앉지 않았다.

나는 뭐? 하는 얼굴로 조동우가 용건을 말하기를 기다렸다. 나보다 서너 살 아래인 조동우는 몹시 지쳐 보였다.

"시계 말이요. 그 시계 사준 동네 할머니가 보건소에 전화 걸어서 사과를 요구했대요. 주민이 사 준 시계를 달지 않은 진료소장을 즉각 인사 조치하고 보건소장이 그 점에 대해 사과하지 않으면 내일 시청으로 시장님을 찾아간다고……."

"그리고요?"

"과장님 말씀이 진료소장이 지금 그 할머니 찾아가서 사과하고 시계를 달으라는데요."

"제가 왜 사과를 해요? 시계를 못 단 건……."

"알아요. 알지만 지금 진료소장님이 나서 주지 않으면 일이 커져요. 그렇게 알고 저 가볼게요. 빨리 사무실로 가봐야 하거든요. 부탁해요."

조동우가 서둘러 나갔다. 일이 조용히 마무리되지 않으면 조동우는 또 정강이를 얻어맞을 것이다. 조동우는 보건소장의 분풀이 대상이었다. 조동우가 평소의 모멸을 아무리 회식 자리에서 술기운을 빌려 보건소장에게 어느 정도 되돌려준다 해도 나는 상습적인 욕설과 폭력에 저항하지 않는 조동우를 이해할 수 없었다. 아무도 보건소장에게 부하직원을 모욕할 권리를 주지는 않았을 것이다.

나는 가운 주머니 속에 손을 넣고 빠르게 걸었다. 차가 한 대 겨우 다닐 수 있는 시멘트 포장길 옆으로 밭과 집들이 있었다. 밭두렁 밑으로는 시냇물이 흐르고 시냇물 가에는 억새가 한창이었다. 추수가 끝난 들판은 적요했다. 수확 뒤의 그 경건한 적요가 어수선한 인간의 삶과 비교되었다.

장달자가 테이프 커팅을 할 때, 나는 내빈석에 앉아 있는 박도옥을 봤다. 일부러 박도옥을 찾은 것도 아닌데 그녀는 금세 눈에 띄었다. 검은 모자 아래 두드러진 광대뼈, 그리고 뚜렷한 이목구비와 빨간 립스틱, 망토처럼 늘어뜨린 검은 바바리코트…… 장달자 쪽을 향하고 있는 그녀의 눈은 평화롭지 않았다. 웃음도, 호기심도 없었다. 지금 그 순간이 부당하다고 말하고 싶어 하는 눈빛은 더 이상 마주할 수 없을 만큼 적의로 빛났다. 어쩌면 그것은 예견된 일이었다.

모퉁이를 돌자 조립식 건물이 보였다. 조립식 집 주변은 어수선했다. 닭장이 있었고 개가 있었고 이미 서리를 맞은 콩 포기와 무, 배추가 거둬들여지지 않고 있었다. 나는 문을 열고 들어갔다.

"계세요."

햇빛 한 점 들어오지 않는 실내는 퀴퀴한 냄새가 꽉 차 있었다. 형광등이 켜져 있었지만 실내는 전체적으로 어두컴컴했고 여전히 티브이 연속극이 왕왕 댔다. 싱크대와 침대가 함께 있는 원룸형 공간에 박도옥의 모습은 보이지 않았다. 늘 싱크대 앞에서 무얼 만들거나 이것저것 크고 작은 병 속에 넣어놓은 저장 식품들을 꺼내 와 보여주며 먹기를 권하곤 하던 박도옥은 분명 과시형이었다. 어느 순간에도 침묵하거나 조용히 남의 이야기에 귀 기울이는 것을 보지 못했다. 간호대학 학생들이 내게 실습을 받으러 나왔다가 마을로 가정방문을 다녀온 날에는 어김없이 첫날 박도옥의 이야기를 했다. 박도옥이라는 분요, 좀 이상한 것 같아요. 자식들은 사업 차 일본에 있고 할아버지가 특별한 사람이라 이다음에 돌아가시면 국립묘지에 묻힌대요. 시장님이랑도 친하고 대통령과도 잘 안대요. 할아버지, 할머니 친척이나 집안은 대개 법관이나 의사 아니면 대학교수고요. 얼마나 자랑할 말씀이 많으신지 쉬지 않고 먹을 것을 내다 놓으며 못 일어나게 해요. 박도옥의 말의 향연에 인질로 잡히면 누구나 기겁을 하고 뛰쳐나오게 되어 있었다.

"아무도 안 계세요?"

벽에는 울긋불긋한 몇 개의 공로패가 있었다. 박도옥의 남편, 전한식은 젊은 날, 영화 '실미도'에 나오는 사람들처럼 북파 공작원이었다고 한다. 실제로 북한에 다녀왔는지, 훈련만 받았는지에 대해서는 정확하게 알 수 없다.

특이한 건, 내 일이든 남의 일이든 어떤 말도 참는 성격이 아닌 박도옥도 남편이 국가유공자라는 말을 입에 달고 다닐 뿐, 구체적인 것에 대해서는 말하지 않았다.

박도옥이 주방 옆으로 나 있는 문을 밀고 나왔다. 그쪽은 창고인지 화장실인지 알 수 없었다.

"들어와요."

박도옥은 예상했다는 듯 내 방문에 의아해하지 않았다. 그녀는 내 얼굴을 보지 않은 채 주방과 침대 사이, 다탁이 놓인 곳을 가리켰다.

"이쪽으로 앉아요."

"들어갈 시간은 없구요……."

진료소 문을 열어 놓은 채 왔다.

"… 시보건소에 왜 전화하셨어요?"

"그야 뭐……."

"말씀하세요."

"이럴 수는 없는 거야. 요즘 때가 어느 땐데 감히 주민이 사준 시계를 무시해? 그게 공무원들이라는 작자들이 할 짓이야? 깜박 잊고 안 달았다는 뻔한 거짓말은 할 생각 마. 그렇다고 내가 진짜로 우리 마을 노인들에게 잘하는 진료소장을 어쩌라는 얘기는 아니야. 생각해봐. 억울하잖아. 나도 할 만큼 했다고!

우리 남편이 면사무소 가서 국밥 그릇도 실어오고 말이야. 내가 몸이 약해서 부녀회 일은 못 도왔지만 할 건 했잖아. 그런데 우리 부부의 명예를 이렇게 짓밟아도 되는 거야?"

박도옥의 입술이 파르르 떨렸다. 나는 그녀의 감정을 환기시켜야 한다고 생각했다. 가능한 부드럽게. 그러나 그녀의 태도는 한참 본질에 어긋나 있다는 것도 분명히 알게 해야 했다.

"제가 개인적으로 새 집을 지었다면, 그 시계 달았을 거예요. 그런데 관공서 일이라는 게 다 제 맘대로 할 수 있는 게 아니에요. 아무튼 성의를 무시했던 건 아니라는 말씀드리고 싶고 이제라도 처음 말씀하신 것처럼 어르신들 잘 볼 수 있는 곳에 달게요."

"거 봐. 나 잘못한 거 하나도 없잖아. 진료소장은 달고 싶었는데 위에서 못 달게 했다 이거잖아. 그러니까 반드시 혼을 내 줘야 한다고. 사과를 받아내던가. 나 말이야. 그 시계 노인들 보라고 사준 것도 있지만 오늘 시장님이 오셨을 때, 우리 부부 이름이 든 시계가 보건진료소 정면에 붙어 있길 바랐던 거야. 우리가 누구냐, 하면……."

나는 어떠한 경우에도 화를 내지 않거나, 속마음을 드러내지 않고 사는 처세술을 가지고 있지는 못했다. 나는 돌아섰다.

"우리가, 우리 남편이 말이야. 국가유공자라구! 시장님도 우리를 잘 안다고. 다 소용없어! 시장 찾아갈 거야! 찾아가고 말 거야!"

박도옥의 발악을 뒤로하고 나는 마을회관으로 갔다. 미처 점심을 먹지 못한 부녀회원들이 한쪽에서는 남은 음식을 먹으며, 또 다른 한쪽에서는 이런저런 음식을 버리거나 집기들을 정리하고 있었다.

"소장님 식사 안 하셨지요?"

부녀회원 한 명이 살갑게 물어왔다.

"아, 예. 나중에 먹죠 뭐."

"아니, 이쪽으로 오세요."

그보다 내가 찾는 장달자가 보이지 않았다. 장달자와 박도옥은 앙숙이긴 하지만 그래도 박도옥을 어르고 뺨칠 수 있는 건 장달자 뿐이었다.

"하긴 소장님이 드신다 해도 떡 쪼가리밖에 드릴 게 없네. 국밥이 모자랐어요."

나는 당황스러웠다.

"많이 모자랐어요?"

"아니, 뭐 손님들은 거의 먹었는데 우리 부녀회원들이 못 먹었죠 뭐. 소장님이랑……."

"죄송해요. 저는 그 정도면 충분할 줄 알았는데……."

"아휴 아니에요. 소장님이 죄송할 게 뭐 있어요? 도둑은 따로 있는데……."

"도둑이라뇨?"

부녀회원들은 무언가 알고 있는 듯했지만 대답하지 않았다. 말이 많은 시골 동네지만 또 상대나 상황에 따라서 극도로 말을 조심하는 동네이기도 했다. 그러면서도 내게 반드시 알리고 싶어 말을 꺼낸 것 같았다.

"부녀회장님은요?"

"모르겠어요."

"여기서 일했잖아요."

"일은 무슨 일요? 손에 물도 안 묻히고 휘젓기만 하다가 갔지. 그 인간이 어디 가서 옴팡지게 일이나 할 년이에요?"

나는 마을회관과 집 한 채를 사이에 두고 있는 장달자의 집으로 갔다. 현관문을 열자 중문 앞에 신발이 많았고 안에서는 와자한 소리가 들렸다. 문을 열고 들어가자 예닐곱 명의 낯선 여자들이 화투를 치다가 나를 쳐다봤지만 곧 대수롭지 않은 듯 다시 화투패를 돌렸다. 장달자는 주방 바닥에 퍼질러 앉아 비닐봉지에 고기를 나눠 넣고 있었다. 소머리를 눌러 만든 고기가 큰 바구니에 가득했다. 장달자가 나를 보자 잠깐 놀라는 듯했지만 이내 목청을 가다듬었다.

"아이고 개가 물어갈 년들, 조상 중에 굶어 죽은 귀신이 있는지 처먹을 거만 보면 왜들 그래 걸피나?"

장달자가 선수를 쳤다.

"무슨 말씀이세요?"

무슨 말인지 못 알아들어서 되물은 것은 아니었다. 내 표정은 이미 굳어 있었다. 장달자는 재빠르게 고기가 든 비닐봉지 한 개를 내게 건넸다.

"하마터면 소장 먹을 것도 없을 뻔했다니까. 여편네들이 육수고 고기고 손님상에 내갈 생각은 안 하고 보따리 보따리 지 꺼 챙기느라 정신들이 없두만. 그래서 내가 소장 꺼 좀 챙겼지. 이거 얼른 받아. 집에 가서 애들하고 애들 아버지 주라고."

"잠깐 이쪽으로 오세요."

나는 고기 봉지를 외면하고 장달자를 안방으로 이끌었다. 가면서 힐끗 보니 고스톱을 치는 여자들 옆에 육수 한 봉지, 그리고 고기 한 봉지가 저마다 각각 놓여 있었다.

"저분들은 누구예요?"

"내 친구들이잖아. 시내 사는 내 친구들……."

장달자는 일주일에 한두 번 시내에 놀러 나가곤 했다. 혼자 사는 친구 집에 모여서 화투도 치고 밥도 먹는다고 나에게 여러 번 자랑을 했다. 이 동네 년들은 시시해서 화투를 쳐도 끝에

가서 꼭 쌈박질이기 때문에 같이 안 놀아. 시내 친구들이 아쌀
하지. 통도 크고 말이야.

"… 소장이 걱정했잖아. 사람들 많이 안 모일까 봐. 그래서
내가 바쁘다는 친구들을 다 불렀지. 준공식에 한 자리씩 차지
하고 앉아 있었으니 차비라도 줘 보내야 하지만 그런 거 신경
쓸 거 없어. 내가 저렇게 다 알아서 했잖아. 소장은 아무 신경
안 써도 돼."

장달자는 방문을 닫으며 내 손을 잡아 앉혔다.

"그건 그렇고 뭐 할 얘기 있나? 다 잘 끝났잖아. 도토리묵이
랑 무 사고 이런 거 아직 돈 안 줬으니 그거나 빨리 줘."

나는 부녀회장에게 모든 음식을 맡겼다. 도토리묵은 올가을
에 도토리를 많이 주운 집을 알고 있다고 해서 장달자에게 알
아보라고 했고 소머리국밥에 들어갈 무도 올가을 무 농사가 가
장 잘된 집을 안다고 해서 필요한 만큼 주문해서 쓰라고 했다.
장달자는 신나게, 아주 속도감 있게 그 일들을 처리했다.

"박도옥 할머니 말이에요."

"그 화상이 왜?"

장달자의 얼굴 가득 비아냥과 멸시가 담겼다.

"시계를 선물했잖아요. 그거 안 달았다고 보건소에 항의 전
화를 했대요."

"미친년 또 지랄이구먼. 하루도 조용히는 못 살지. 동네 잔칫날 아주 잘하는 짓이다. 내 뭐라 그랬어? 그년 받아주지 말라고 그랬지? 늘 뻣뻣하게 대하라고. 미꾸라지 한 마리가 물을 흐린다더니 굴러들어 온 년 하나 때문에 동네 망신이여. 그년 때문에 아주 동네가 툭하면 도매금으로 넘어간다고!"

"전화 한 거로 안 끝나고 시장을 찾아간다는데 어떻게 하죠?"

"가라고 그래. 가지도 못할 년이야. 신경 끊고 얼른 돈이나 줘. 무값이랑 말이여."

장달자가 자리에서 일어났다. 그녀는 나보다 더 몸과 마음이 바빠 보였다. 나는 차마 장달자에게 박도옥을 찾아가 타일러 달라고, 더 이상 일을 크게 만들지 말라는 말을 해달라고 부탁하지 못한 채 장달자의 집을 나왔다.

5시, 장달자가 진료소로 왔다.

"부녀회원들 말이야. 일당이라도 줘야 하지 않나 해서… 꼭 달라는 건 아니고 혹시 소장이 그런 생각을 하고 있다면 내가 연락할라고……."

나는 적잖이 놀랐다. 마을에 일이 있으면 부녀회는 곧잘 동원됐다. 마을 일에 잠시 노동을 했다고 해서 일당을 받아가는 것인지는 몰랐다.

"일당에 대한 예산은 없어요."

"예산이 뭐여?"

장달자가 예산에 대해 이해하길 바라며 하는 얘기는 아니었다. 그러나 나는 일단 선을 그렇게 그었다.

"보건진료소는 제집이 아니고 마을 사람들의 것이에요. 그러니까 자기 집 잔칫날에 일했다고 나눠 가질 돈은 현재로서는 없다는 뜻입니다."

장달자의 표정이 새초롬해졌다.

"원하신다면 제가 저녁 식사 정도는 준비할게요."

나는 직장 일이지만 융통성을 발휘해야 할 때라는 생각이 들었다. 어디 가서 삼겹살에 소주라도 한잔하며 뒤풀이를 해야 될 것 같았다.

"그러든가."

장달자의 반응은 여전히 시큰둥했다. 그러다 주머니에서 휴대폰을 꺼내 어디론가 전화를 했다. 보건진료소로 와 봐. 그쪽에서 뭐라고 얘기를 하는 것 같다. 올라오라니 그러네. 장달자는 휴대폰 폴더를 거칠게 닫았다.

"이런 문제는 나 혼자 결정지을 수 없고 해서 김옥화를 오라고 했어."

김옥화는 장달자의 집 바로 밑에 있는 미니슈퍼 주인이었다. 그녀는 작년에 남편이 간경화로 죽은 이후 부쩍 장달자를 의지했다.

"왜 사람을 오라 가라 하시오? 가게 비워놓고 뛰어다니기도 번거로운데……"

미니슈퍼 여자가 들어오며 코맹맹이 소리를 했다.

"육시랄 년. 지랄하고 있네. 얼른 앉기나 해."

장달자가 소파를 손짓했다. 김옥화가 입을 삐쭉거리며 장달자와 마주 앉았다.

"니 대답해라. 소장이 오늘 부녀회원들 수고했다고 일당을 준다는 거 내가 말도 안 된다고 말렸다. 그깟 동네일 좀 봐주고 일당은 무슨 일당이여?"

"아이고오. 누가 들을까 봐 겁나네. 형님! 그런 말 입에 올리지도 마."

김옥화가 손사래를 쳤다.

"저런 오두방정은! 다 아는 걸 혼자 떠들고 자빠졌네. 방정은 그만 떨고 내 말 끝까지 들어봐. 안 그래도 된다니까 소장이 그럴 수는 없다는구먼. 그래 저녁이라도 어디 가서 먹자는데 니 생각은 어떻냐?"

한껏 거드름을 피우며 연설을 하듯 하는 장달자를 향해 김옥화가 다시 펄쩍 뛰었다.

"저녁은 무슨 저녁? 우리가 뭐한 게 있다고 저녁이야? 소장님도 피곤할 텐데 얼른 퇴근해요. 이 얘기 할라고 날 불렀나? 아이고오. 형님도 빨리 일어나요."

김옥화가 나와 장달자를 번갈아 바라봤다. 장달자를 하루 이틀 겪은 게 아닌 김옥화는 이미 장달자의 음습함을 알아차린 듯 말려들지 않았다. 나는 장달자를 신뢰하지 않았지만 또 무시하지도 않았다. 준공식이 끝나면 노인체조도 해야 했다. 십여 명 정도의 마을 사람들에게 체조를 가르쳐 곧 경진대회에 나가야 했다. 시보건소의 시책사업에 협조하는 차원이었다. 많으면 많을수록 좋다고 하니까 인원을 동원하는 데는 장달자가 필요했다. 장달자도 협조를 약속했다.

"아니, 괜찮아요. 제가 퇴근해서 식당 승합차를 올려 보낼 테니까 6시 30분에 마을회관 앞에 모여서 모두 오세요. 비싼 건 아니고 흑돼지 삼겹살 구이에 소주, 그 정돕니다."

"남 성의를 너무 무시하는 것도 할 짓이 아니지. 얼른 일어나. 가게 가서 부녀회원들한테 전화하자고. 우린 갑니다. 이따봐요."

"저, 박도옥 할머니는 어떻게 할까요?"

나는 못내 박도옥이 걸렸다.

"냅 둬."

장달자가 나를 힐끔 보며 신발을 꿰어 신었다.

"소장님. 내가 전화할게요."

김옥화가 대수롭지 않게 말했다.

초겨울의 해는 짧았다. 나는 보건진료소 구 건물 앞에 차를 세웠다. 현관문이 열려 있었다. 나는 출력해간 안내문을 현관 유리에 붙였다. 신축 건물로 이전했습니다. 전방 500m. 짐을 옮긴 자리는 어수선했다. 그렇다. 새 건물의 단정함만이 모든 것은 아니었을 것이다. 미처 치우지 못한 것들, 변기 레버를 당겨 똥을 흘려보낸다 해도 그 똥이 영원히 사라지는 것이 아니듯 그 어떤 흔적들이 한동안 내 주변을 돌 것 같은 예감이 들었다. 나는 구 건물이 차라리 철거되었어야 한다는 생각이 비로소 들었다. 앞서 신축한 모든 보건진료소의 구 건물은 대부분 철거되었다. 한두 군데는 아직 철거를 하지 못했지만 너무 낡아서 매매를 할 엄두는 내지 못했다. 그러나 위현진료소 구 건물은 그 상태가 양호하여 대지 주인인 장달자에게 매매가 결정되었다. 시에서는 철거 비용도 절감했고, 매매가도 챙겼다. 여기에도 박도옥이 개입하려고 여러 번 시도했다. 허름한 조립식 건물에 사는 박도옥으로서는 장달자가 곧 집이 두 채가 되는 상황을 보고 있지 않았다.

"매매가가 얼마 나왔어?"

박도옥은 나를 몇 차례 추궁했다.

"글쎄요. 저는 모르겠어요. 시에서 알아서 하겠지요."

박도옥은 금액이 맞으면 자기가 시에 가서 건물을 매입할 계획이라고 서슴없이 말했다. 즉, 미리 가로채겠다는 뜻이었다. 나는 대지 주인에게 우선권이 있으니 대지 주인의 매입 철회 의사가 없는 한 나서지 말라고 했다. 한편, 장달자는 어차피 사용하지 못할 건물이라면 무상으로 달라고 생떼를 썼다. 시에 아는 친척이 있다며 허풍을 떨어보기도 하고, 마치 시와 공모하여 내가 부당한 이익이라도 취하지 않나 하는 억측을 하기도 하면서 아침마다 보건진료소를 들락거리며 나를 성가시게 했다. 또, 장달자가 시내버스나 미니 슈퍼 같은 곳에서, 이미 보건진료소 건물이 자기 것이 된 양, 여름철에 민박을 하거나 여의치 않으면 매매를 하겠다며 너스레를 떨자 마을 사람들은 어떤 절차도 없이 관공서 건물을 장달자에게 거저 준 게 아니냐며 내게 항의를 해오기도 했다. 결국 장달자가 몇 달 버티다가 감정가 그대로 구입했을 때, 나는 그녀의 계획에 수긍하지는 않았지만 잘되길 바랐다.

건물 매입에 이어 준공식의 시계까지 연이은 박도옥의 참패가 불안했다. 박도옥은 어떤 경우에도 수긍하는 법이 없는 사람이었다.

7시, 부녀회원들이 토종 흑돼지구이 집에 이미 와 있었다.

박도옥은 보이지 않았다. 부녀회원들은 소주잔을 돌리고 고기 쌈을 싸며 박도옥을 화제에 올렸다. 차 안에서 장달자가 시계 사건에 대한 경과보고를 한 듯했다.

"박도옥 씨는요?"

내가 물었다.

"안 온대요."

김옥화가 소주잔을 비우며 말했다.

"잘 됐지 뭐. 제까짓 게 무슨 염치로 얼굴 들고 나타나?"

누군가 그렇게 말했다.

"앞으로 박도옥이 부녀회나 노인회에 찬조한다 하면 무조건 거절하라고! 꼭 지가 해주고 나서 뒷말이 많은 할망구야."

누군가 또 말했다. 박도옥은 이따금 노인회에서 관광이라도 떠나면 음료수나 떡 따위를 찬조했다. 내 옆에 앉은 장달자는 심각한 표정이었다. 고개를 약간 숙이고 눈동자를 이리저리 굴리며 뭔가 궁리를 하는 기색이었다. 대화에 끼지도 않았고 박도옥에 대해 험담을 하지도 않았다. 김옥화가 장달자와 나를 번갈아 가며 일별했다.

"소장니임!"

별안간 김옥화가 내 곁으로 다가오며 손을 끌어당겼다. 쪽쪽 들이키던 술 탓이었을까. 비 오는 날, 마을 사람들 몇과 둘러

앉아 부침개 해 먹다가도 울고 소주 한 잔이 들어가도 울더니 또 그 시간이 된 것 같았다. 어느새 김옥화의 눈 주위가 빨갰다. 진료소 구 건물 위에 마을회관이 있고 그 아래로는 장달자의 집, 그리고 그 밑에 미니슈퍼가 있었다. 김옥화의 남편은 늘 가게로 몰려드는 마을 사람들과 죽는 날까지 술 대작을 했다. 그래서인지 김옥화는 이따금 마을 사람들이 자신의 남편을 죽인 것이나 다름없다고 울며 원망을 하다가 장달자에게 면박을 당하기도 했다.

"우리 아저씨, 땅 밑에서 춥지 않을까요?"

김옥화가 내 손을 꽉 잡았다.

"미친년 또 지랄 떨고 있네. 서방 없는 년이 어디 지 하나뿐인가 보네. 염병 그만 떨고 우리 2차 가자. 촌구석에서 모처럼 여기까지 나왔는데 그냥 들어갈 수 없잖아."

장달자가 일어났다.

"지랄은 지가 떨면서……."

김옥화가 들릴 듯 말 듯 중얼거리며 장달자를 향해 눈을 흘겼다.

"2차는 무슨 2차? 나는 집에 갈라요."

입바른 소리 잘하기로 유명한 50대 초반의 부녀회 총무, 손명옥이었다.

"어이구우! 찌래기 값을 꼭 그렇게 하는구만! 니는 그 찌래기 때문에 안 그래도 돋보이니까 그냥 처박혀 있어."

장달자가 대놓고 손명옥의 큰 키를 구실삼아 망신을 줬다.

"처박혀 있든 말든 내 알아서 해요. 다들 피곤한데 저녁 먹었으면 됐지 2차는 무슨 2차요?"

나는 손명옥이 나를 위해 하는 말이라는 것을 알았다. 장달자는 결코 이득 없는 짓은 안 했다. 일당을 받는 대신 여기까지 나왔는데 간단하게 끝내지 않을 것이라는 계산은 진작부터 했을 것이다.

"그래! 형님 들어갑시다."

같은 연배인 김옥화와 손명옥은 친했다. 그러나 손명옥을 거드는 김옥화의 말투에 별 힘이 실리지 않았다. 나머지 부녀회원들 중 대다수는 침묵을 지켰다. 나는 그들이 2차를 가고 싶어한다는 것을 알았다.

"들어가긴 어딜 들어가. 요기 시장 입구에 내가 아는 단란주점 있어. 비싼 나이트 갈 거 없고 거기 가서 몸이나 좀 흔들다 오자고!"

내가 결론을 내리지 않으면 이전투구는 쉽게 끝나지 않을 것 같았다.

"저는 못 가지만 가세요. 가셔서 놀다가 들어가세요."

좌중은 조용했다. 장달자가 내게 지글거리고 있는 고기 한 점을 권했다. 나는 모두가 보는 앞에서 지갑을 열어 돈을 장달자에게 건넸다.

"모자라는 건 부녀회장이 알아서 하세요."

나는 '단란주점'이라는 곳에 가 본 적이 없었기 때문에 어느 정도면 십여 명 남짓한 인원이 놀 수 있는지 몰랐다.

"하이고오! 잘도 알아서 하겠다!"

김옥화가 다시 장달자를 보며 입을 삐죽거렸다. 예상외로 장달자는 한 마디도 대꾸하지 않고 돈을 냉큼 지갑에 넣었다.

단란주점 승합차가 와서 부녀위원들을 태우고 가는 것을 보고 나는 흑돼지구이 집을 나왔다.

3. 고등어 뱃살

현관문을 열고 들어서자, 옷을 흠뻑 적신 남편이 발가벗은 지우를 안고 욕실에서 나왔다. 민망할 만큼 빠른 속도로 성숙해져 가는 아홉 살짜리 딸의 몸을 나는 외면했다. 스스로 감당할 수 없는 성숙은 공포였다. 의사소통은 제대로 안 되면서 지우의 몸은 정상보다 4년이나 앞서 자랐다. 남편과 나는 부모로서 지우의 정신과 몸이 균형을 잡도록 노력해야 했다. 몸이 급속도로 자라 사춘기에 접어들면 뇌는 그만큼 둔해져서 현재 지우에게 행해지는 모든 특수교육이 그만큼 효과를 보지 못한다고 의사가 심각한 표정으로 경고했다. 나는 낮 동안의 피로와는 또 다른 묵직한 고통을 새삼 느끼며 겉옷을 벗어 소파 위에 가볍게 던졌다.

3년 전, 지우가 자폐 진단을 받자 남편은 휴직을 하고 매일 지우를 데리고 두 시간여의 고속도로를 달려 다른 도시에 가서 특수교육을 받았다. 나는 혼자 근무하는 별정직이어서 휴직을 할 수가 없었고 한 달에 수백만 원이 지출될 치료비용 때문에 직장을 그만둘 형편도 아니었다. 남편의 휴직으로 우리 부부는 빚더미에 허덕이기 시작했다. 아파트 대출금만으로도 막막했는데 수입은 반으로 줄었고 그런 상황에서 특수교육비를 마련하기 위해서 또다시 대출을 받아야 했다. 그러나 이름을 불러도 눈 맞춤조차 되지 않는 지우를 부모와 눈이라도 맞춰보겠다는 일념 외에 우리는 아무것도 생각하지 않았다. 그것만이 지우를 위해 우리 부부가 할 수 있는 최선이었다. 고속도로 휴게소에 차를 세우면 지우는 문을 벌컥 열고 아무 곳으로 마구 뛰어다녔다. 남편이 뒤따라가며 불러도 아빠가 부르는 쪽이 어디인지 방향감각조차 없어 두리번거렸고 언어로 의사표시를 하지 못하니 차 안에서 옷을 입은 채 소변이나 대변을 보기 일쑤였다. 그럴 때면 남편은 남자 화장실로 딸을 안고 들어가 옷을 벗기고 엉덩이를 씻기며 이런저런 시선을 감당해야 했다.

욕조에서는 뜨거운 물이 흘러넘쳤다. 빨갛고 파랗고 노란 레고가 물 위를 둥둥 떠다니다가 넘치는 물을 따라 타다닥 바닥에 떨어졌다. 나는 욕실 안으로 들어가 플라스틱 바구니에 레고를 건져 올렸다. 저녁마다 이런 반복적인 일을 하다가 보면 때로 미쳐버릴 것 같기도 하다.

"놔둬. 내가 할게."

지우 몸을 닦아주고 옷을 입히며 남편이 말했다. 지우는 부모의 지치고 굳은 표정과 반대로 남편 목을 끌어안고 또 깔깔거렸다. 아이 나름대로 자라고 있겠지만 일상적으로는 '자라지 않는 아이' 같아 절망적이었다. 그 의미 없는 반복적인 뒤치다꺼리와 바쁜 일상 속에 마음의 평상심을 유지하는 건 쉽지가 않았다. 그날도 그런 날이었을 것이다.

우리 가족은 나들이를 갔다. 아무 때나 대소변을 보고 괴성을 질러대는 지우를 데리고 외식이나 나들이를 가는 건 모험이었지만 나는 일주일 전부터 남편에게 나들이를 가자고 했다. 당시 겨우 여덟 살인 지호까지 유폐되어 살게 할 수는 없었다. 아니, 우리가 힘들어도 지우에게 가을볕을 쬐어주는 게 부모의 도리라고 생각했다. 동생 손을 잡고 단풍 숲을 걸으려는 지호를 뿌리치고 지우는 쑥부쟁이가 무성한 곳에서 혼자만의 놀이에 열중했다. 연보랏빛 꽃을 따서 꽃잎을 하나하나 뜯어 버린 다음 노란 수술을 손바닥에 으깨어 공중에 날려버리는 식이었다. 어느새 지우 앞에는 꽃의 잔해들이 무참하게 흩어져 있었고 지나가는 사람들의 시선이 곱지 않았다. 아침부터 표정이 밝지 않았던 남편이 먼저 일어났다. 어차피 좌변기가 있어야만 소변을 보고 바깥 음식도 먹지 않는 지우 때문에 외출은 고작 세 시간을 넘길 수 없었다. 내가 '가자!'라는 말과 걷는 동작을 반복하자 지우는 곰인형 모양의 배낭에 쑥부쟁이를 잔뜩 집어넣었다. 늘 그렇듯 무엇엔가 쫓기듯 집으로 돌아오는 길에 시장에 들러 고등어를 샀다. 그 무렵, 지우는 반찬으로 생선만 먹었다. 내가 주방에서 고등어를 손질하는 동안 지우는 거실 바닥에 꽃잎을 쏟아놓고 소파에 앉아 꽃잎을 뜯기 시작했다. 그러다가 꽃의 잔해를 밟으며 주방으로 왔다. 그리고 내 발등에 올라서서 의미 없는 혼잣말을 하며 고등어 요리를 기다렸다. 남편이 신문을 펴놓고 꽃잎을 주워 담고 있을 때, 초인종이 울렸다. 서둘러 현관으로 나가는 남편의 발걸음이 불안해 보였다. 시어머니는 인사를 하는 지호와 나를 무시하고 선 채 거실 바닥의 신문지에 시선을 주었다. 그리고 일그러진 표정으로 남편을 향해 말했다.

"왜 안 왔냐?"

지호는 방으로 들어가고 나는 돌아서서 천천히 도마 위의 고등어에 칼집을 냈다. 그렇지 않으면 고등어를 기다리던 지우가 울음을 터뜨릴지도 모를 일이었다. 습관에 의해 익숙해진 순서로 모든 것이 진행되는 줄 아는 게 자폐아들의 특징이기도 했다. 어떤 상황에 대한 설명을 해도 지우는 알아듣지 못했다. 나는 환풍기와 가스를 켜고 그릴에 고등어를 올려놓았다.

"내가 얼굴을 들고 살 수가 없다. 우리가 그 집안에 얼마나 신세를 지고 살았는지 니도 알 거다. 그런 집 경사에 니가 이 에미 손잡고 같이 가서 사람 도리 좀 하라는데 왜 안 나타난 거냐? 너 결혼하기 전에 이러지 않았다. 대체 이유가 뭐냐?"

"지우 데리고 좀 나갔다 왔어요."

"지우? 지우! 지우! 내 이 말까지는 안 하려고 했는데 딸자식 잘못 낳은 게 벼슬이냐? 니가 그럴수록 사람 구실하고 살아야지 대체 어쩌려고 이 모양으로 사냐 말이다. 어디 말 좀 해봐라."

지우가 바닥에 앉아 깔깔거리며 웃었다.

"예! 말씀드리지요!"

남편의 목소리가 환풍기 소리를 뚫고 온 집안을 뒤흔들었다.

"니가 아주 미쳤구나. 누구 앞에서 소리를 지르는 거냐? 어디서 배워먹은 짓이냐고?"

남편은 시댁 식구는 물론, 고모님, 이모님, 작은 아버님, 작은 어머님, 사촌 생일까지 챙기던 사람이었다. 신혼여행 갔을 때도 부모님을 모시고 사는 형수 구두부터 사며 그저 소리 없이 살며 집안에 윤활유 같은 구실을 하고 싶다고 했다.

"그래요. 저 미쳤습니다. 미치지 않고는 살 수가 없어요. 저 그동안 집안에 할 만큼 했다고 생각해요. 그런데 저 이렇게 살아도 아무도 도와주지 않잖아요. 아니, 도와주는 거 바라지도 않아요. 그러니까 어머니! 그냥 좀 지켜만 봐주세요. 좀 기다려 달라고요!"

고등어 구워지는 냄새가 주방에 번졌다. 나는 밥을 푸고 숟가락과 포크를 나란히 식탁에 놓았다.

"집안사람들을 다 나쁜 사람으로 만들려고 하는구나. 다들 너에 대한 기대가 얼마나 컸는데.……"

나는 접시에 구운 고등어를 올렸다. 지우가 웃음을 멈추지 않고 식탁 의자에 앉았다. 지호의 방문은 굳게 닫혀 있었다. 지우가 두 다리를 흔들며 고등어 뱃살을 공략했다. 지우의 미각은 예민했다. 돼지고기를 먹어도 비계와 살이 반반 섞여 있어야 하고 수박도 뾰족하게 잘린 중심부만 한 입씩 먹었다. 그렇다고 나는 알뜰하게 먹기 위해 남긴 부분을 강제로 지우의 입에 넣지는 않았다. 편식을 하는 건 두 아이 모두 마찬가지였다. 음식에 대해 지호에게는 무지막지한 강제성을 보이지 않으면서 지우에게만 그렇게 한다는 건 폭력이라고 생각했다. 분별력이 없는 인격도 인격 아닐까. 나의 그런 관점에 대해 특수교사들은 반대의 의견을 말했다. 지우가 유치원 다닐 때의 특수교사는 다양한 음식을 강제로라도 먹여야 한다는 신념이 강했다. 특히, 지우가 방울토마토를 거부하자 비닐 글러브를 끼고 아이 입에 넣어 터트려 먹였다고, 어느 날, 자랑스럽게 말했다. 나는 강제로 그것을 삼켜야 했을 지우 얼굴만 떠올라서 고맙다는 말은 하지 못했다. 때때로 지우를 데리러 유치원에 가면 지우는 내 손바닥에 입안 가득 물고 있던 음식을 뱉어내곤 했다.

"밥,이,랑, 같,이, 먹,어,야, 돼. 응?"

나는 물이 든 컵을 놓아주며 지우에게 말했다. 알아듣길 바랄 뿐이었다. 지우에게 뱃살만 뜯긴 고등어 살집이 서툰 포크질로 식탁에 나뒹굴기 시작했다.

"이제 보니 니들 하고 있는 짓이 사람도 아니구나. 박쥐 새끼마냥 생선 뱃살만 뜯어 먹는 새끼 버릇을 고쳐주기는커녕……."

"그래요! 어머니. 여기는 박쥐 소굴이에요. 우리는 누구도 만나지 않고 빛이 환한 어디에도 가지 못한다고요. 그래서 더 이상 어머니 따라 얼굴도 모르는 사람들 결혼식에 다닐 수가 없어요. 어머니 아들이 박쥐처럼 이렇게 사니까 그런 줄 아시고 제발, 제발 이제 그만 내버려달라고요. 아시겠어요?"

그 순간, 시어머니의 손이 남편의 뺨을 후려쳤다. 그러나 남편은 장승처럼 끄떡없이 서 있었고 시어머니는 식탁 의자 등받이를 잡으며 겨우 중심을 잡았다. 시어머니의 온몸이 사시나무처럼 떨렸다.

"못난 놈 같으니라구!"

지우가 도저히 더는 참을 수 없다는 듯 바닥에 뒹굴며 깔깔거렸다. 남편이 핏기 없는 얼굴로 지우를 안고 방으로 들어갔다. 시어머니가 문을 열고 나갔다. 벼락을 맞은 듯했다. 모든 것이 하찮고 우스웠다. 나는 자동차 열쇠와 지갑을 들고 시어머니를 따라 나갔다. 버스 터미널까지 가는 동안 시어머니와 나는 한마디도 하지 못한 채, 마침내 각자 울었다.

그날 밤, 남편이 베란다로 나가 창을 열어젖혔다. 나는 거실에 서서 미동도 없는 남편의 등을 초점 없이 바라보았다.

"토요일에 어머니가 결혼식에 같이 가자고 전화를 하셨어. 우리가 오랜만에 야외에 나갈 계획이 있다고 솔직하게 말하지 못한 내 잘못이야. 그러나 우리 집안사람들은 꼭 내가 아니어도 되잖아. … 이해받지 못한다면 선택할 수밖에 없어. 지우는 당신과 내가 아니면 아무도 보살펴 주지 않아."

1년간의 휴직을 끝내고 남편이 직장에 복귀할 무렵, 우리의 목표대로 지우는 눈 맞춤이 되었다. 휴게소에서 차를 세우면 아빠 손을 잡고 함께 다녔고 대, 소변도 어느 정도 참았다가 혼자 여자 화장실을 찾아갈 줄도 알았다. 그 정도의 분별력을 갖게 되니 눈총을 받으면서도 일반 유치원에 다닐 수 있었던 것이다. 그러나 고개 하나 넘으니 더 큰 산이었다. 어린이집이나 유치원은 종일반이 있어 내가 퇴근할 때까지 아이를 돌봐주었는데 아이가 학교에 들어가자 방과 후가 문제였다. 아이를 돌봐줄 사람은 마땅치가 않았다. YWCA에 단순노동을 하는 사람들에 대해 알아봤더니 차라리 집안일을 하면 했지 장애아 돌볼 의사는 없다는 반응이었다. 개인 교사를 붙여 수영도 배우게 하고 피아노도 가르쳐보고 싶었지만 지방 소도시라 적합한 사람을 찾을 수가 없었고 경제적인 여유도 따라주지 않았다. 특수교육을 공부한 서너 명의 교사가 거쳐 가긴 했다. 처음에는 사명감을 가지고 딸처럼, 동생처럼 돌보겠다고 한 사람들이 결국 반년을 못 채우고 떠났다. 내가 기관에서 주는 만큼 월급을 줘도 의료보험이나 퇴직금 등을 거론하기 시작하면 두 손을 들수밖에 없었다. 결국 방과 후에는 지우를 가두었고 방학 때는 남매를 집에 두고 출근해야 했다.

나는 욕실 바닥의 물기를 닦고 거실로 나왔다.

"밥은?"

식탁은 깔끔했다.

"아직, 이제 먹어야지. 굴비 구우려는데 지우가 어느새 욕실에

들어가 있더라구. 물이 너무 뜨거워. 화상 입는 줄 알고 깜짝
놀랐네."

싱크대 위에는 굴비 두 마리가 널브러져 있었다.

"지호는 아직 안 왔나 봐?"

나는 벽시계를 바라보았다.

"오늘 영어 학원 8시까지 하는 날이잖아. 곧 오겠지. 참 준공
식은 잘 끝났지?"

"응. 잘, 끝났어."

남편은 퇴근을 하면 바로 집으로 돌아왔다. 오늘처럼 남편이
나 나, 어느 한쪽에 피할 수 없는 일이 생기면 다른 한쪽이 지
우의 과잉행동에 신경을 쓰며 저녁상을 차리고 청소기를 돌리
고 빨래를 널었다. 그렇게 분주하게 움직이다 보면 늘 시계는 11
시를 가리켰다.

하루의 일과를 다 말하지 못한 채, 바깥의 일을 말하기에는
너무 바쁜 저녁 시간이 그렇게 흐르고, 그런 시간에 대한 무슨
보상이라도 받으려는 것처럼 두 개의 방을 비워놓고 안방에 네
식구가 모여 잠을 청했다.

4. 궁리

아침 출근길에 전화벨이 울리는 경우는 거의 없다. 휴대폰 벨소리가 불길하게 들렸다. 차라리 응급환자라면 의뢰하면 된다. 나는 운전을 하며 다른 한 손으로 휴대폰 폴더를 열었다.

"박도옥이 결국 시에 갈 건가 봐. 그리 알고 진료소장이 알아서 해요."

장달자는 박도옥을 언제 만났던 것일까. 전날 밤, 단란주점에서 열 시 전에 나오지는 않았을 것이다. 늦은 밤에 집에 도착하여 박도옥과 전화통화를 했거나 최소한 내게 전화하기 전보다 더 이른 시간에 만났다면 뭔가 계획된 일이라고 볼 수 있었다. 나는 장달자의 목소리에서 어떤 직감을 느꼈다. 장달자는 최소한 박도옥을 진정시키려는 의도는 없는 것이다. 자신의 주특기인 거친 입담으로 박도옥을 설득하고 싶은 마음은 없다는 얘기다.

나는 마을의 초입에 들어서며 미니슈퍼를 지나 장달자의 집 앞에 차를 세웠다. 현관에는 전날 준공식에 쓴 그릇이 커다란 고무대야에 수북하게 쌓여 있었다. 마을회관과 가까우면서도 길갓집인 장달자 집에 옮겨 놓은 듯했다.

"무슨 일이에요?

장달자는 거실에 서서 차분하게 말했다.

"어제 말이야. 시계 안 걸었던 건 늙은이 입장에서 너그러이 이해하고 넘어가려고 했대. 그런데 저녁에 자기만 쏙 빼놓고 부녀회 회원들 밥 먹인 건 도저히 용서할 수가 없다잖아. 자기도 엄연히 부녀회원이고 시계도 사주고 그릇도 날라 왔는데 이런 차별대우는 참을 수 없다고 하더라고. 미친년이지 뭐. 내 생각에는 그래도 위에다 찌르면 소장만 난처하니까 내가 소장 생각해서 전화한 거지."

나는 시종일관 차분한 장달자가 섬찟했다. 박도옥을 미친년이라고 말하면서도 조금도 흥분하지 않았고, 한 마디 한 마디를 힘주어 말하며 나의 표정을 처음부터 끝까지 관찰했다.

"… 그리고 이건 어제 단란주점서 놀고 남은 돈이야."

장달자는 주머니에서 꼬깃꼬깃한 지폐를 꺼내어 건넸다.

"술은 그냥 한 테이블 기본만 달라고 했어. 우리가 노래 부르고 춤추려고 갔지 술 마시려고 간 게 아니니까. 일단 소장이 우리 놀라고 준 돈인데 받든 안 받든 내가 남는 건 돌려주자고 회원들한테 말해서 남겨 온 거야……."

장달자가 엉거주춤 돈을 내밀며 나를 똑바로 바라보았다.

"… 박도옥이 그거 가라앉히자면 힘들 거야. 그년은 안 되는 것도 되게 하는 년이라고……."

장달자의 꼼수는 따를 자가 없었다. 밤새도록 쓰고 남은 돈을 돌려주지 않기 위해 궁리란 궁리는 다 했을 것이다. 얼마의 돈을 되돌려 받는다는 것은 뜻밖이었지만 나는 장달자를 똑바로 바라보며 손을 내밀었다. 장달자의 입술이 일그러지는가 싶더니 꼬깃꼬깃한 지폐가 거칠게 내 손 위에 올려졌다.

"달자야!"

박도옥의 목청은 너무 높아 본능적으로 듣는 사람을 움츠리게 했다. 장달자는 동갑이긴 하지만 유년기 친구도 아닌데 박도옥이 꼭 자기 이름을 부르는 것에 대해 평소 불만을 말하곤 했다. 그 여시가 달자야! 하고 밖에서 부르는 게 듣기 싫어 어떤 때는 장롱 속에 숨을 때도 있어! 문소리가 났고 박도옥이 들어왔다. 장달자는 헛기침을 하며 딴청을 피웠다.

"응, 그래. 들어와."

그러나 곧 장달자는 박도옥을 부드럽게 맞았다. 조금 전, 조금도 흥분하지 않으며 오싹할 정도로 '미친년, 그년' 하던 태도를 그렇게 바꿨다. 나는 비장해졌다. 두 사람의 이런 태도를 내가 처음 목격하는 것은 아니었다.

내가 부임해 오던 무렵, 첫 환자는 박도옥이었다. 박도옥은 소파에 앉아 전임 보건진료소장에 대해 듣기 거북할 정도로 과장된 험담을 늘어놓았다. 그리고 이제 진료소장이 반듯한 사람으로 바뀌어 너무 좋다고, 진료소장이라면 이 정도는 되어야 한다고 공허한 칭찬을 늘어놓을 때는 내 얼굴이 화끈거렸다. 박도옥은 작정하고 온 듯 전임자 얘기로 끝내지 않았다. 입에 침을 발라가며 이 마을에 요주의 인물 몇이 있는데 그중에 가장 악명 높은 할망구가 장달자라고 했다. 생긴 것부터 우락부락한 게 남자 못지않고 젊었을 때 이 마을에서 대폿집을 했으며 그래서인지 천하기 이를 데 없는 장달자의 완력은 동네에서 알아준다고 했다. 한 동네 사는 사돈의 마구간 여물통에 못을 한 줌 넣어 소를 죽일 음모를 꾸몄을 뿐만 아니라 남자 여자 구분 없이 거슬린다 싶으면 그 자리에서 욕설을 퍼부으며 공개적인 망신을 주는 것이 특기여서 아무도 함부로 하지 못하고 노인회, 반상회, 부녀회에서 입바른 소리 좀 한다 하는 사람 중에 장달자에게 망신을 당하지 않은 사람이 없을 정도이니 조심하라고 했다. 나는 제발 누군가 문을 열고 들어오거나 어디선가 전화라도 와서 자연스레 박도옥의 말을 끊고 싶었지만 막 농사를 시작한 4월 초의 대낮, 마을은 적요하기 이를 데 없었다. 며칠 후, 장달자가 나타나 박도옥에 대해 말했다. 몇 년 전에 어디서 굴러들어온 불여시가 마을에 하나 있는데 조심해요, 하도 인간이 꼴 같지 않아 언젠가 머리채를 휘둘러 내팽개쳤더니 몇 년은 조용하더구먼. 내 덕에 그 불여시가 그나마 인간이 많이 됐지.

나는 정신을 바짝 차려야 했다. 이 두 노인의 유치한 음모가 무엇을 향하고 있는 것인지.

"내가 보여주고 말 거야. 나를 건들면 어떻게 된다는 걸 말이야. 감히 나를, 나를 무시해?"

박도옥이 나를 바로 보지 않고 집안을 왔다 갔다 하며 기세를 올렸다.

"소장이 사과해. 늙은 사람을 그렇게 따돌리면 안 되지. 안 되고말고."

장달자가 선 채 한쪽 발을 쾅쾅 구르며 박도옥의 편을 들었다.

"이 마을 늙은이들 잘 보살피라고 정부에서 발령을 내준 건데

지가 잘났으면 얼마나 잘났어. 그렇게 잘 났으면 우리부터 알아 모셔야지. 우리 남편이 누군지부터 알아야 될 거 아니야? 내가 가만히 있을 줄 알아? 시장 찾아가서 안 되면 도지사 찾아가고 도지사 찾아가서 안 되면 청와대 갈 거야. 국가유공자인 우리가 말단 공무원인 젊은 소장한테 이런 부당한 대우를 받고 있으니 시정해달라고 말이야."

"이 봐. 소장! 얼른 사과해. 사람이 굽히는 맛도 있어야지."

나는 온몸에 힘을 빼고 두 사람을 물끄러미 바라보았다.

"달자야. 내가 뭐랬니? 이것 좀 봐. 보통이 아니라니까. 아주 무서운 여자야. 끝까지 사과 안 하잖아."

두 노인은 마치 한 편인 것처럼 아침부터 힘을 모았지만 사실은 둘 다 서로를 의식하며 내게 으름장을 놓는 것이었다. 박도옥은 이 마을 토박이라 도저히 넘을 수 없었던 산 같은 장달자를 보건진료소 준공식을 이용하여 어떻게든 누르고 싶어 갖은 시도를 했고, 장달자는 그 눈치까지는 확실하게 못 채고 있다가 뜻하지 않게 생긴 박도옥과 나 사이의 갈등으로 비치는 지점에서 양쪽을 오가며 어떤 이득을 취하려는 것이다. 그래서 장달자는 끊임없이 박도옥에게는 소외된 자의 상처를 건드려 부추기는 한편, 내게는 박도옥이라는 무기로 겁을 주어 내가 장달자를 의지하게 만든 다음 손아귀에 넣으려는 것이리라.

현관문 두드리는 소리가 났다. 박도옥이 밖을 향해 소리쳤다.

"알았어요. 나가요! 달자야. 그릇부터 싣자!"

장달자가 박도옥을 따라 나갔다. 나 역시 더 머물 필요가 없었다. 장달자와 박도옥이 현관에 있던 커다란 고무대야를 맞잡았다. 밖으로 나오자 먼발치에서 한두 번 본적이 있는 박도옥의 남편 전한식이 트럭을 뒤로하고 서 있었다. 그는 마을 사람들과 일절 어울리지 않았다. 인사를 하며 보니 눈매가 날카로웠다. 전한식은 그릇이 수북한 대야를 받아들어 트럭에 실었다.

"한 번 혼을 내야 한다구. 내가 그냥 있으면 사람이 아니다."

내가 차에 열쇠를 꽂고 문을 여는 동안 박도옥은 남편이 있어서인지 더 기세등등했다. 초겨울 아침 공기는 쾌청했다. 나는 하늘을 올려다보았다. 혼자 훌쩍 여행을 떠나기에 어울리는 공기였다.

아직 리본을 떼지 않은 화분이 즐비한 현관을 지나 나는 신축 보건진료소 안으로 들어갔다. 보일러를 작동시키고 약포장기를 예열시켰다. 컴퓨터와 샌드베드, 복합운동처방기, 비만도 측정기, 그 외 이런저런 각종 의료기에 전원을 넣고 나는 가운을 입었다. 창 너머 저 높은 곳에서 하얀 풍력발전기가 천천히 돌고 있었다. 하루를 시작해야 했다. 아무것도 아니야. 화분을 보내온 곳에 감사의 전화부터 하고 컴퓨터를 켰다. 매주 화요일마다 하던 가정방문을 해야 할 환자 기록을 점검한 다음 어제의 일을 일지에 간단히 기록했다. 공무원에게 기록은 생명이었다. 나는 '주민동향일지' 폴더를 들여다보며 팔짱을 끼고 잠시 앉아 있었다. 이제 장달자와 박도옥, 나를 볼모로 그들의 암투는 시작되었고 나는 그 덫에 걸렸다. 나를 겨냥하고 있는 당신들! 지금부터 내가 당신들을 차례로 무대에 올릴 테니 마음대로 움직여 보시길……

부녀회 총무, 손명옥이 어깨를 두드리며 들어왔다.

"어제 무리하셨나 봐요."

"무리는요. 잠을 잘못 잤는지 뻐근하네요. 약 좀 주세요. 어제 죄송해서……"

손명옥은 말끝을 흐렸다.

"죄송하다뇨? 도와주셔서 고마웠어요."

나는 약을 지으며 총무를 향해 손사래를 쳤다.

"저기, 부녀회장이 오늘 왔어요?"

"온 건 아니고……"

"돈 주던가요?"

"네."

"너무 죄송해서 그거라도 남기자고 했어요. 우리가 아니었으면 장달자는 또 쓱 닦아 넣었을 거요. 천성은 못 버려요."

나는 약 봉투를 건네며 웃었다.

"소장님. 조심해요. 박도옥보다 더 나쁜 사람이 장달자예요. 장달자가 다 부추기고 조종하고 그래요. 오죽하면 제 시어머님 연배지만 어른 대우를 안 하겠어요? 옛날부터 이 동네 사건에 장달자가 개입 안 된 일이 없으니까 조심해요."

나는 고개를 끄덕였다.

오후의 중간쯤, 조동우가 전화를 했다. 박도옥이 남편인 전한식을 앞세우고 시보건소로 와서 보건소장을 찾으며 나에 대해 원색적인 비난을 하고 돌아갔다고 했다. 그러나 그런 주장은 중요하지 않고 다만, 조동우는 시계를 달러 곧 오겠다고 했다.

조동우가 드릴을 가지고 올라와 시계를 다는 동안 나는 잔무를 했다. 준공식 이후로 처리할 일이 많았다. 장부를 쓰고 지출 결의서를 만들고 약을 셌다. 지겹고 귀찮던 일들이 소중하게 느껴졌다. 사람에 비해 무생물은 간결했다.

"시계를 어디 달았는지 그 결과를 보고 해 달라고 하는 걸 보니 여기 못 들어오겠나 봐요. 다른 말씀은 못 드리겠고……. 그냥 그 할머니 오시면 아무 일도 없었던 것처럼 받아줬으면 해요. 가끔 밥도 좀 사주고……."

"보고를 해요?"

"궁금하겠죠 뭐. 일부러 보고할 건 없고 또 전화 오면 말은 해야죠."

"지금 차라리 시계를 되돌려주는 게 나을 것 같아요."

"그렇게 서로를 자극하게 되면 점점 일이 커지니까 일단 여기서 봉합하기로 해요. 저 노인이 앞뒤 분별없이 시장님을 찾아가기라도 한다면 보건소장님 입장이 어려워져요. 윗사람들은 아무것도 알려고 하지 않아요. 중요한 건 무조건 민원이 안 생기게, 생겨도 가능한 윗선으로 올라오지 않게! 그게 원칙입니다."

"그렇게 민원인이 무섭고 절대적이라면 왜 주민이 기증한 시계를 함부로 하셨어요?"

"자꾸 논리적으로 따지지 맙시다. 그냥 그런 거니까. 우리는 사람이 아니라 조직의 수단일 뿐이라고 생각하면 돼요."

조동우는 피곤한 기색을 보이며 나갔다. 장달자가 보건진료소 앞길을 지나갔다. 박도옥의 집이 아니면 장달자가 진료소 앞길을 지나가는 경우는 거의 없었다.

두어 시간이 지나 퇴근을 하려고 밖으로 나서는데 장달자가 박도옥의 집 쪽에서 왔다.

"오늘 별일 없었는가?"

그녀의 눈빛은 염탐의 기색이 완연했다.

"못 보던 뭔 차가 아까 이 앞에 오래 서 있길래……."

조동우의 차였나 보다. 나는 마땅히 할 말이 없었다. 아무도 믿지 말아야 할 것 같았다. 믿지 않으니 할 얘기도 없었다. 그러나 장달자는 너무도 뻔뻔했다. 그 뻔뻔함으로 지금까지 마을을 지배했을 것이다. 장달자가 나를 몇 주먹쯤 되는지 가늠하고 있다는 것을 깨달은 후부터 나 역시 그녀를 가늠해봤다. 어떤 방법이 가장 좋을까.

"박도옥이가 보건소장 찾아가서 여기 진료소장 모가지 떼라고 했다는데 별일 없었냐고오?"

장달자도 완전한 고수는 아니었다. 그렇게 금방 내 예측에 확신을 주는 말을 던졌다.

"뗄만하면 떼겠죠."

"그게 뭔 소리여?"

나는 차에 올라 문을 닫았다. 마을을 나오며 룸미러로 뒤를 봤지만 장달자는 큰길가로 뒤따라 오지 않았다. 다시 박도옥의 집으로 되돌아갔을 것이다. 그리고 내 반응에 대해 또 보고를 하고 모의를 할 것이다. 그들은 그렇게 하루를 보내고 또 내일을 맞았다.

5. 사랑방을 향하여

여자들이 아침부터 숟가락을 놓고 진료소로 모여들었다. 보건소장이 사랑방 구실을 하게 하라고 노래처럼 부르던 건강증진실은 확실한 '사랑방'이 되었다. 모두 여자들이었다. 남자들은 약을 짓기 위해 와서 건강증진실을 흘낏 들여다보고는 나가버렸다. 여자들이 아무개야, 하며 붙잡아도 슬금슬금 뒷걸음질이었다. 남자들은 노인회관에 불을 피우고 고스톱을 치지 않으면 미니슈퍼에서 술을 마시거나 산에 나무를 하러 갔다. 여자들은 진료소 건강증진실에서 커피를 마시고 이웃 이야기를 하고 아픈 것에 대해 하소연을 했다. 그중 할머니들은 서로에게 내 말 좀 들어보라고 많은 이야기를 쏟아냈지만 아무도 서로의 말에 귀 기울이지 않았다. 그것은 이미 서로에 대해 너무도 잘 알아서인지, 남의 이야기를 들어줄 만큼 여유가 없기 때문인지, 아니면 서서히 노환의 한 증상으로 귀가 멀었기 때문인지는 알 수 없었다. 나는 그런 노인들을 보면서 인간이 노화를 거치면서 귀가 멀어지는 것에 아랑곳하지 않는, 아니, 귀가 멀수록 더 왕성해지는 입담과 활기찬 목소리에 두려움을 느끼곤 했다. 아무도 들어주지 않지만 말할 사람으로 가득 찬 세상. 들리지 않으니 상대방이 이쪽에서 한 말을 제대로 들었는지, 그리고 처음 의도대로 받아들였는지 확인할 수가 없다.

내가 환자를 보고 그 내용을 입력하고 있으면 건강증진실의 의료기 작동법을 또 잊었다고 노인들이 나를 불렀다. 좀 늦게 가면 벌써 입이 나와 있다. 우리가 자꾸 와서 귀찮지요?

나는 아니라고 대답한다. 그래도 그들은 나를 빤히 보며 자신들의 말에 확신을 가지려고 한다. 귀찮지 뭐. 귀찮고 말고지. 건물이 커지니 소장님이 손해네. 내가 의료기의 작동법에 대해 설명하는 사이 그들은 또 다른 이야기를 한다. 나는 이것 좀 보라고, 이걸 누른 다음 이걸 누르라고 리모컨을 들고 목소리를 높인다. 설명 좀 들어! 다른 이가 참견한다. 니나 잘해! 아고오 옘병 떨고 있네. 무식해서 뭘 알아야지. 갈켜줘도 몰라. 자기들끼리 면박을 주고받는다. 그쯤에서 진료실에서 또 부른다. 나는 진료를 받기 위해 서 있는 환자 앞으로 달려간다. 낯선 이가 들어서며 주민등록증이나 통장을 복사해달라고 하기도 하고 화장실을 찾기도 한다. 환자는 두 배로 증가하고 아무런 진료수가가 없는 건강증진실을 이용하려고 시내 사람들까지 몰려온다. 그런데 의료서비스가 다양해질수록, 수혜를 받는 사람들의 태도는 점점 더 당당하고 고압적이다. 나는 하루 종일 종종걸음을 치면서도 늘 내 등 뒤에서 커다란 아가리를 벌린 짐승이 나를 삼키려고 다가오는 것 같은 불안에 시달린다.

출근하다시피 거의 매일 보건진료소에 오던 장달자가 준공식 이후 무슨 생각에서인지 발길을 끊었다가 두 달여 만에 들어왔다. 그동안 장달자는 주로 시내로 고스톱을 치러 다녔고 이따금 먼 발치에서 서성거렸다. 때로는 보건진료소 바로 앞집 처마에 의자를 갖다 놓고 보건진료소를 빤히 바라보았다.

"오랜만이유."

장달자는 소파에 털썩 앉았다. 그리고 두 발을 탁자 위에 올려놓았다. 뭐라고 주의를 줬다가는 또 무슨 구실이든 만들어 노인네 구박하는 진료소장으로 몰 것이 틀림없다. 나는 아무래도 업무보조원을 한 명 써야겠다는 결심을 했다. 예산 내에서 일주일에 두 번 정도 일당을 주고 사람을 쓸 수 있는 항목이 있다. 보건진료소는 다른 관공서처럼 시에서 예산을 주는 것이 아니라 자체 진료수입으로 운영해나간다. 나는 지난해 연말에 커진 건물에 대비해 인건비에 대한 예산을 세워 시의 승인을 받아놓았다. 문제는 관할 지역 내의 주민을 고용해야 하기 때문에 마땅한 인물도 없어 망설이는 중이었다.

"이 양말 이쁘지?"

건강증진실에서 물리치료나 운동을 하다가 잠시 물을 마시며 땀을 식히는 사람들 앞에 장달자는 탁자 위의 두 발을 흔들었다. 꽃무늬가 조잡한 나일론 양말에 반짝이가 조금 섞여 있었다.

"박도옥 딸이 일본에서 보냈대. 나 신으라고 두 컬레나 선물로 주대. 내가 언제 일제 양말을 신어 보겠어."

내 쪽을 흘낏 보며 의식하는 것 같았지만 나는 500ml 코푸시럽 몇 병을 꺼내놓고 120ml 투약병 세 개에 나눠 담았다. 환자가 한꺼번에 밀려올 때를 대비하여 일주일 단위로 시럽을 옮겨 담아 약품냉장고에 보관하곤 했다. 이제 더 이상 사람들의 이야기를 들어주려고 애쓸 필요가 없다. 바로 저런 모습, 박도옥은 보건진료소에 디지털시계를 강제로 기증했듯 늘 물질로 사람들의 환심을 사려고 했고 마을 사람 누구도 그것을 떨치지 못했다. 나도 한때 박도옥의 막무가내식 포섭 대상자였다. 박도옥은 아침 출근길에도 내게 전화를 해서 돈가스를 해놨으니 먹으러 오라고 했고 최지자의 농원에서 비싸게 구입한 과일이나 야채를 사다가 상자 째 두고 가기도 했다. 나는 아침은 반드시 집에서 먹고 온다며 거절했고 상자째 들고 오는 과일이나 야채는 되돌려주었다.

사람들이 입을 삐죽거리며 건강증진실 안으로 들어가 다시 자신들이 하던 기계에 몸을 의지했다. 장달자와 나만 진료실에 남았다. 서로 바라보는 방향은 달랐지만 한 공간에 앉아 있으면서 아무 말도 건네지 않는 건 부자연스러웠다. 파티션이 쳐진 사무실에서 전화만 받으며 서류나 만지는 직장은 어떨까. 나는 때로 그런 곳에서 일하고 싶었다.

"우리 체조, 안 하나?"

장달자가 다시 거래를 텄다. 뻔뻔하기로야 누구에게도 지지 않지만 협조하기로 한 자신의 말도 있으니 마음이 편하지는 않을 것이다. 주민들의 협조가 쉽지 않아 아마도 실패한 사업이 될 것이라는 예상을 시보건소 담당자도 하고 있었기 때문에 나는 장달자가 짐작하고 있는 만큼 초조하지는 않았다. 이미 시작한 다른 진료소에서도 주민들이 농한기에 모여 고스톱을 치더라도 썰렁한 마을 회관에 모여 몸을 움직이려고 하지는 않는다고 했다. 심지어 일당을 주면 협조하겠다는 사람들까지 나오고 있는 실정이었다. 그래서 그 미미한 진척 때문에 농번기가 시작되기 직전인 3월로 예정된 경진대회 개최는 차질이 있을 것으로 보였다.

"하시겠다면 시작해야죠."

장달자는 나를 빤히 보았다.

"대회에 나가야 한다더니⋯⋯."

"되는대로 해야죠."

나는 장달자와 장기전을 펼칠 준비를 했다. 내가 마을의 모든 사람들처럼 어제는 장달자를 원수로, 내일은 그 우산 아래로 비를 피해 들어가는 태도를 취할 일은 없을 것이다. 나마저 그렇게 된다면, 장달자는 이 마을의 권력으로서, 아니, 한층 더 굳건해진 권력을 흔들며 마을을 누비고, 또 나를 수시로 이용하려고 할 것이다.

우리 직업의 특성상 거의 이동이 없었다. 처음 발령받은 곳에서 정년을 맞는 사람이 흔히 있는 정도이니 나 역시 별 이변이 없다면 위현리에서 아직 20여 년 일을 더 하게 될 것이다. 장달자는 곧 일흔이고 십 년 후면 여든이다.

"야! 너들 내 말 들어 봐."

장달자가 소파에서 일어나 건강증진실로 들어갔다.

"좁아터진 데서 먼지 일으키지 말고 내일부터 우리 마을회관에서 춤추자. 좀 있다가 실내체육관에서 대회도 한다는데 위현리가 꼬래비를 할 수는 없잖아. 우리가 누군데. 안 그래?"

나는 벽 하나를 사이에 둔 진료실에 앉아 여전히 컴퓨터 자판을 두드리고 있었다. 벨트 마사지, 복합운동처방기, 발 마사지기 등의 진동음만 요란했을 뿐 건강증진실에서는 별 반응이 나오지 않았다.

"씹구녕같은 년들… 소장! 저년들이 반상회도 모이라 모이라 해도 그렇게 안 모이더니 작년, 돌아가면서 먹을 걸 차려 논 다음부터 서방까지 달고 쌍쌍으로 끼 오더라고. 춘년들은 처먹을 게 없으면 안 온다니까. 에이 빌어먹을 화상들!"

장달자의 재능이 또 발휘되는 순간이었다. 반드시 누군가를 걸고넘어져 자기 잇속을 차리는 행세……. 누구도 장달자의 거친 입에 이의를 제기하지 않았다. 하나, 둘, 시래기를 가스불에 올려놨다는 둥, 시내에서 손님이 오기로 한 시간이라는 둥, 이런저런 핑계를 대며 여자들이 사라졌다.

한때, 장달자가 성실하고 차분하다면, 보조원으로 쓰면 좋을 것 같다는 생각을 한 적이 있었다. 좀 일그러진 것이긴 하지만 마을 사람들에 대한 저 카리스마를 잘 이용하면 나는 잔신경을 덜 쓰고 내 본분의 일에 열중할 수 있을 것도 같았다. 그러나 곁에 두기에는 늘 궁리가 너무 많고 어딘가에 매여 있을 사람도 아니었다.

"밥 살 테니 다음 주부터 체조합시다. 일주일에 두 번, 화, 목요일, 오후 2시… 아셨죠?"

"정말 밥을 산다고?"

장달자가 혼잣말처럼 하며 다시 궁리에 빠졌다.

"맨입으로 안 된다면서요?"

어떠한 경우에도 내 무능력과 무관심으로 노인체조를 중단했다는 빌미를 남겨서는 안 되었다. 나는 내 지갑을 열어 밥을 살 것이다.

시보건소의 노인체조 담당자는 수천만 원의 예산을 받고도 보건진료소로는 일 원 한 푼 내려보내지 않았다. 사업보고서에는 분명 있는 예산은 이 사업의 프로젝트를 맡은 예방의학 교수 강사료, 또는 그쪽 진행비로도 모자라는 판이라고 지레 죽는소리였다. 시 재정은 어렵고 점점 시민들 눈치를 봐야 하는 관리들은 〈변해야 산다〉며 아래 직원을 들볶았고 그 직원들은 무엇을 어떻게 변화시켜야 하는지도 모르고 얼렁뚱땅 사업을 만들어 냈다. 그리고 어느 자치단체에서 먼저 해서 시선 좀 받았다, 하면 도 전체, 아니, 나라 전체의 유사 기관에서 벗겨 먹는 사업을 일제히 시작했다. 그래서 그즈음 이쪽 방면에서 유행하는 것이 〈노인체조〉였다. 노인체조는 동사무소까지 번져나가 그쪽 공무원들이 책상에 앉아 기안만 하면 예산이 나왔다. 그러면 전문 강사를 초청하여 체조 교실을 연 다음 그 실적을 올렸지만 우리는 예산 한 푼 없이 사비를 털어 간식을 사줘가며 직접 마을회관이나 노인회관에서 가르쳐야 했다. 실적은 시보건소 쪽이 가져갔다.

마을회관을 써도 된다는 이장의 허락을 받은 다음 보건진료소의 비디오를 마을회관으로 옮겨 스트레칭부터 가르쳤다. 시보건소에서 배부 받은 비디오테이프를 보며 한 동작 한 동작할 때마다 굳어진 몸을 움직이느라 갖은 아우성과 신음이 나왔지만 모처럼 회관 안은 웃음과 활기로 가득 차기도 했다. 오랜 세월, 좁은 지역에서 이웃으로 살다 보니 서로 친척 아닌 집이 없었고 원수 아닌 집이 없었다. 부모 때였건, 자식 때였건 이런저런 문제로 껄끄러운 감정도 가지고 있어 좋을 땐 좋다가도 부딪히면 또다시 그 거친 사연들이 줄줄이 쏟아져 나오곤 했다. 그래서 끝내 왕래도 끊고 길에서 만나도 고개를 서로 반대쪽으로 틀고 다니던 두 아주머니가 엉겁결에 파트너가 되어 트로트에 맞추어 체조를 할 때, 나는 아, 바로 이런 것이로구나, 하며 용기를 냈다. 그러나 참석인원이 최소 10명은 되어야 하는데 처음 시작할 때 열 명 남짓하던 인원 중에서 몇몇이 빠져나갔다. 남편이 갑자기 간암 진단을 받아 그만둔 주민에 이어 여자 반장

최지자는 바빠서 엄두를 낼 수 없다고 했다. 설상가상으로 장달자도 동작을 전혀 따라 하지 못했다. 160cm에 75kg의 둔한 몸에 타고난 감각 또한 우락부락한 남자를 연상하게 했다.

"에이 씨팔 신경질 나서 못하겠네. 야 이년아 좀 천천히 해."

남들이 오른쪽으로 갈 때 앞으로 가고 남들이 왼쪽으로 갈 때 오른쪽으로 가고 박자는 전혀 맞지 않고 걸핏하면 그날 파트너가 된 사람에게 화만 내고……. 결국 장달자는 화요일, 목요일만 되면 시내버스를 타고 화투판을 찾아 시내로 나가버렸다.

"소장님! 차라리 노래 교실을 해요!"

때로는 학교에서 돌아온 지우를 마을회관 쪽방에 데려다 놓고 내가 아무리 흥을 돋우려 해도 노인체조는 점점 시들해져 갔다.

6. 처세

의료기관 비상근무 차원에서 나는 구정 연휴 중 하루 출근을 했다. 장달자가 호기롭게 들어왔다. 음력으로 치면 새해 첫 손님인 셈이었다.

"떡 많이 먹었나? 나는 손주가 떡을 많이 보내와서 우리 집 개까지 먹었잖아."

나는 자리에서 일어나 진료실 한편의 개수대로 갔다. 장달자와 등을 지고 서서 물을 의도적으로 세게 틀어놓고 물기 없는 걸레를 빨았다.

"장상구가 말이야. 내 손주뻘이더라고……. 저번 반상회 때 모여서 따져봤더니 그렇잖아. 그날부터 이놈이 내게 할머이 할머이 하더니 이번에 손주 노릇 하느라 찹쌀떡을 반말이나 해왔더라고……."

나는 물걸레로 책상 위의 유리를 닦았다. 며칠 비운 사이 창가에 놓인 시클라멘 꽃봉오리는 시들고 책상 위의 유리에도 먼지가 올랐다. 화초에 물을 주고 걸레질을 하는 동안, 장달자는 소파에 앉아 티브이를 보는 척하며 하고 싶은 이야기를 했다.

"소장한테도 떡 가져왔겠지?"

간단히 걸레질을 한 다음 커피 한 잔 마시고 새해를 시작하려고 했는데 아침부터 떡 타령이나 들어야 했다.

"안마 받으실래요?"

나는 동문서답을 하며 안마의자를 가리켰다. 그렇게라도 말을 자르지 않으면 최소 30분이었다. 다행히 환자들이 왔다. 장달자는 안마의자 위로 물러났다. 내가 환자를 보고 약을 짓는 동안, 그리고 환자가 약을 기다리는 동안 장달자는 기다리는 그 사람들을 안으로 불러들여 떡 이야기를 또 했다. 자랑이 하고 싶어 견디지 못하겠다는 투였다.

나는 2층으로 올라갔다. 그리고 작은 방으로 들어가 천정의 줄을 당겼다. 계단이 폴싹 바닥으로 내려왔다. 나는 계단을 올라갔다. 노란색 장판과 꽃무늬 포인트 벽지를 넣은 다락방이 안온했다. 지우는 학교에서 돌아오면, 이 방에 앉아 레고를 가지고 놀거나 색종이를 오리고 밖을 내다보았다.

현장소장인 업자가 애초 설계에 없던 다락방을 만든다고 했을 때, 조동우는 난색을 표했다. 그 일로 시보건소에서는 공사 중지 명령을 내렸고 현장소장은 일을 하지 못한 채 뙤약볕 아래서 며칠 동안 소주만 마셨다. 내가 원한 것도 아닌데 현장소장님이 왜 그러시냐고 물었을 때, 그는 잠시의 침묵 끝에 무겁게 입을 열었다. 조카가 자폐증이라면 이해하시겠어요? 자폐아들은 환경에 민감해서 구석진 곳을 좋아하거든요. 소장님 딸내미 데리고 왔다 갔다 하시는 거 보고 남의 일 같지 않았어요. 공사비 따로 청구 안 한다는 조건 아래 결국 현장 공사 감독의 의지로 다락방은 만들어졌다.

나는 다락방 창가에 쪼그려 앉아 장상구 집을 내려다보았다. 새로운 사람들이 마을에 들어오고 주변 환경이 바뀌면서 마을은 서서히 이상한 공기에 휩싸여갔다. 나는 어느새 그 변화의 중심에 서 있었고 분명 사람들은 내게 진료소장 역할 이외의 무엇인가를 요구했다. 그러나 그것은 어쩐지 불안하고 순수하지 못하다는 느낌이 들었다.

장상구는 목사와 이장과 장달자에게 집중적인 아부를 했다.

수시로 먹을 것을 갖다 나르고 서로의 집을 들락날락했다. 특히, 그의 아내 이화실은 장달자의 집에서 반상회가 있던 날 팔을 걷어붙이고 설거지를 도왔다는 말이 전해졌다. 교회에서나 마을에 어떤 일이 있어도 몸 아끼기로 소문난 이화실인데 하여튼 장달자의 사람 장악력은 알아줄 만했다. 박도옥은 점점 약이 올라 마을을 휘젓고 다녔다.

나 역시 장상구 부부의 이중적 처세에 마음이 편치는 않았다. 장상구는 밭으로 산 땅을 대지변경 하려면 돈이 많이 든다고 겨우 집 앉히는 자리만 대지변경을 하여 주차 공간이 없었다. 주차장도 대지에 속한다는 것을 나는 건물 신축을 하며 알았다. 장상구의 땅은 200평이었고 보건진료소는 100평의 땅에 건물을 짓고 정원과 주차장을 만들었다. 이화실과 장상구 둘 다 차를 가지고 있었는데 그중 한 대는 이장집 마당에 주차하고 다른 한 대는 보건진료소 주차장에 세웠다. 내게는 단 한 마디의 상의도 없었다. 마을 사람들이 면박을 주고 한마디씩 해도 꿈쩍도 하지 않았다. 그뿐 아니라 이화실은 걸핏하면 사돈의 팔촌 친척과 여고 동창생들까지 번갈아 건강증진실에 데려와 몇 시간씩 수다를 떨며 차를 마시고 갔다. 진료를 받으러 와도 진료비를 낼 생각을 하지 않고 소장님, 마이신 좀 주세요. 소장님 파스 두 장만 주세요. 소장님, 연고 좀 주세요, 하는 식이었다. 나는 장상구 부부의 그 지나칠 정도의 소장님, 소장님 하며 웃는 얼굴에 대고 의료보험증 주세요, 진료비는 얼마입니다, 라는 말을 할 타이밍을 놓친 채 약을 주는 오류를 범하고 말았다. 월말이 되어 진료비를 입금하고 또 보험공단에 청구하다가 마침 진료를 받으러 온 장상구에게 미수금과 의료보험증 제시에 대해서 말했다. 장상구는 미수금에 대해서는 언급하지 않은 채 보건진료소 이용이 유료인지 몰랐다며 그날 진료비만 주고 돌아갔다. 미안해하는 기색보다는 뭔가 불만스러워 보이는 표정이었다.

장달자는 노인체조에 협조하는 대신 내게 묵은 김치가 있으면 달라, 보건진료소 구 건물을 지역정보신문에 내 매매가 되도록 해달라고 하며 또다시 어깃장을 놓았다. 그런 나날이 흘러가는 동안 어느덧 2월의 끝자락에 와 있었다. 겨우내 목사 부인 방명희와 비슷한 시기에 새로 이사 온 이화실과 김분옥, 그리고 장로부인과 최숙자를 비롯한 교인들이 건강증진실 단골손님이었다. 그들은 교인들끼리 있을 때에는 이 마을 주민 모두를 교인으로 만들어야 한다며 끝도 없이 내게 전도를 하려고 했고, 다른 주민들이 있어도 서로 사모님, 권사님, 집사님 하고 부르며 안마의자에 앉아 지치지 않는 수다를 떨었다. 다만, 장달자가 들어온 것도 모르고 떠들다가 장달자가 '여기가 교회가?

권사님, 집사님은 당신들 교회에서나 하라고! 여기는 절에 다니는 나도 오고 다른 주민들도 오는데 그렇게 대놓고 예수쟁이 티를 내면 안 되지.' 하는 한 마디면 그들은 재깍 아양을 떨며 장달자를 추어올리곤 했다. '아유! 저 카리스마! 하여튼 따라갈 사람이 없다니까! 이따가 저희 집에 오실래요? 제가 냉커피 타 드릴게요.' 그러면 장달자는 어깨를 으쓱하며 입을 삐죽거리면서도 싫지 않은 표정이었고 그들은 다시 건강증진실을 나가 이 집 저 집 몰려다녔다. 그렇게 이십여 명이 서로 목소리를 키우며 건강증진실을 들락거리자 하루에 수십 개의 종이컵이 수거함에 쌓였고 화장실 휴지는 하루에 한 롤씩 동이 났으며, 박스째 사다 놓은 녹차와 커피는 나날이 헤펐다. 나는 퇴근 무렵이 되기도 전에 오후가 되면 청소와 먼지에 완전히 탈진 상태가 되었고 귀에서는 윙윙거리는 이명이 들리곤 했다.

3월 둘째 주로 노인체조 경연대회 날이 잡혔는데 인원은 일곱 명에 머물렀다. 박도옥은 '서울집' 김금송에게 밥솥을 선물하며 노인체조에 참여하지 말 것을 요구했다. 그깟 거 운동도 안 돼. 금송아, 거기 가지 말고 나랑 걷기 운동이나 하자. 그렇게 끝도 없이 회유한다고 김금송이 장달자에게 말했고 장달자는 그런 김금송을 자기 힘으로 노인체조에 참여시키고 있다고 내게 거듭 생색을 냈다.

노인체조 외에도 특수시책사업을 하라는 공문이 또 시달되었다. 어떻게든 경진대회를 끝으로 노인체조를 끝내면 마을 실정에 맞는 사업을 하려던 중이었다.

어느 날, 장로 부부가 등산을 다녀와 건강증진실에서 몸을 풀며 좀 더 많은 사람이 함께 갔으면 좋겠다고 말했다. 마을은 등산을 하기에 좋은 조건이었다. 어디를 둘러봐도 마을과 바로 이어진 길에 등산로가 있었다. 나는 보건진료소 특수시책사업의 일환으로 일주일에 한 번, 다 함께 산행을 가는 프로그램을 짰다. 반응은 노인체조보다 좋았다. 남자들은 아예 참여할 생각조차 하지 않았던 노인체조와 달리 이번에는 관심을 보였고 무언가 배워야 한다는 강박증이 없다는 점이 사람을 더 많이 모이게 했다.

문제는 오후 두 시에 보건진료소가 문을 닫아야 한다는 것이었다. 인근 주민들에게는 모두 알리고 가능한 한 함께 산을 오르자고 했지만 조금 먼 곳에서 오거나 산에 갈 수조차 없는 연로한 분들이 오실 때가 문제였다. 운영 활성화를 위해서도 보조원의 필요성이 점점 커졌다. 나는 이미 회의를 통과하여 예산도 확보해둔 업무보조원을 3월부터 써야겠다는 결심을 했다. 문제는 여전히 노인체조였다.

2월의 마지막 토요일, 토요 휴무제로 쉬는 날이었지만 주민들과의 산행계획을 짰다. 마지못해 두어 번 체조교실에 나온 새 이웃 이화실과 김분옥, 그리고 목사 부인 방명희와 목사 부인 말이라면 자다가도 벌떡 일어나는 최숙자에게 토요일 산행 계획을 말했다. 네 명의 여자는 가겠다고 말했다. 이화실은 아이를 낳지 못했고, 김분옥의 남편 우 씨는 중소기업을 하다가 망했다고 한다. 최숙자는 남편에게 매 맞는 여자였다. 그렇듯 대부분 삶의 벼랑 끝에 섰던 그들에게 목사는 땅을 빌려 농사를 짓게 하거나 혹은 거처를 마련해주는 식으로 교회와 관계를 맺게 했다. 또, 의지할 곳 없는 독거노인들에게는 죽으면 마을 한쪽에 사 둔 나대지에 묻어준다며 교회에 나오라고 했다. 그래서 목사 부부가 교인들에게 한 마디만 해주면 노인체조는 누워서 식은 죽 먹기일 것 같았다.

토요일 아침, 오전 10시, 마을에서 나와 고속도로를 타고 20km 떨어진 옛길 초입에서 만나기로 약속했다. 승용차는 이화실이 몰고 왔다. 여자들은 소풍 가는 아이들 마냥 들뜬 얼굴로 차에서 내렸다. 정성들인 메이크업과 화사한 등산복 차림이 시골 여자들 티는 나지 않았다.

산을 오르는 동안, 방명희가 다가왔다.

"참으로 감사한 일이에요. 젊은 분이 이렇게 마을 사람들을 위해 애써 주시니 말이죠."

"별말씀을요."

"아니에요. 아니에요. 가만히 지켜보면 정말 우리 소장님은 훌륭하신 분이에요."

남편은 언제나 내게 충고했다. 사람을 면전에 두고 지나치게 칭찬하는 사람을 경계해. 반드시 그런 사람은 머지않아 그만큼의 변덕을 부리는 법이야.

"소장님 덕분에 너무 좋은 경험을 하네요. 젊은 분이 부지런하기도 하시다니까. 우리 며느리는 아파트에서 애 하나 키우고 살면서도 집은 엉망이고 맨날 피곤하다, 어쩐다 하며 우리 아들에게 바가지만 긁는다는데……. 소장님을 볼 때마다 대단하다 싶어요. 마을 어른들 공경하는 거나 자녀들 키우시며 왔다 갔다 하는 거 보면 정말 대단하다 싶어요."

김분옥이 호들갑스럽게 끼어들었다. 이화실 또래인데 벌써 며느리를 본 모양이었다.

이화실과 최숙자가 말없이 웃는 얼굴로 간혹 돌아보며 앞서 산을 올랐다. 방명희는 결국 내게 위현리로 가족과 함께 이사를 오라고 충고했다. 자신도 두 남매를 학원 하나 보내지 않고 위현리에서 키웠는데 둘 다 좋은 대학교에 다닌다고 했다.

나는 묵묵히 들으며 산을 올랐다. 정상은 5.5km 지점이었다.

"소장님은 남편분도 참 성실해 뵈던데 그게 다 하나님이 소장님을 하나님의 자녀로 생각해서 잘 보살펴주셨기 때문에 그런 거예요. 그러니 하루빨리 소장님도 하나님을 영접해서 하나님의 품 안으로 들어와야 할 텐데…… 저는 그게 늘 안타까워요."

방명희의 설교를 반만 듣고 반은 흘리면서도 '졌다' 하는 심정으로 나는 다시 교회에 나가볼까 생각했다.

"여기서 쉬어가요!"

산 정상 조금 아래에 두 개의 벤치가 탁자 하나를 사이에 두고 있었다. 앞서간 여자들이 그곳에 자리를 잡았다. 산에서의 물맛과 방울토마토의 맛은 두 배나 좋았다. 방명희는 누룽지를 꺼냈다.

"소장님 덕분에 정말 좋은 경험하네요."

방명희가 '정말'에 힘을 주며 다시 한 번 고음으로 말했다.

"사모님, 부탁 좀 드릴 게 있어요."

나는 사람들을 둘러보며 목표를 꺼냈다.

"어머, 부탁요? 소장님이 제게 부탁할 게 뭘까요? 말씀하세요."

"알고 계시겠지만 2주 후에 노인체조경진대회를 치러야 해요. 지금 꾸준히 참여하는 분들이 몇 분 계신데 그분들로만은 부족해요. 최소 열 명은 돼야 하거든요. 사모님을 비롯하여 여기 계신 분들만 협조해주시면 딱 맞는데……"

일단 방명희가 나오면 나오다 말다 하는 교인 세 사람은 기본으로 나온다고 볼 수 있었다.

"… 무슨 요일, 무슨 요일인데요?"

목소리는 작고 표정은 어두웠다. 늘 말하기를 좋아하고 상대방의 반응에 상관없이 말 한마디 한마디를 자신감 있게 쏟아내던 방명희답지 않은 태도였다.

"화, 목 오후 두십니다."

여자들이 나와 방명희를 번갈아 관찰했다.

"아, 목요일은 안 돼요. 그날은……."

"맞아요. 그날은 교회 사모님들 모임이 있는 날이잖아요."

최숙자가 재빨리 끼어들었다. 그녀가 위현교회의 최초 신자가되어 교회의 설거지를 도맡아 하며 무시할 수 없는 존재가 된 것은 젊은 날 남편이 폭력을 행사할 때마다 교회로 피신한 것이 계기가 되었다고 한다.

"그래요. 그날은 제가 바빠요."

"바쁘시면 일주일에 한 번만 나오셔도 충분히 따라 하실 거예요."

노인체조의 동작이라야 한 건당 열 개가 채 안 됐다. 아직 오십 대 초반인 방명희가 육십, 칠십이 가까운 노인들이 몇 달씩해 온 동작을 따라 하는 것은 하루만 집중해도 충분했다.

"아유. 소장님 아무 염려 마세요. 소장님은 우리 마을에서

94

평판이 좋게 나 있으니까 다 잘 될 거예요. 평판 좋은 소장님이 하자는데 누가 안 하겠어요? 저 아니라도 할 사람 많을 테니까 염려 마시고 얼른 산에나 마저 올라갑시다."

방명희의 말은 논리는 안 맞지만 언뜻 그럴 듯하게 들렸다. 은근히 상대방을 치켜세우는 듯하지만 뒷맛은 늘 개운치가 않았다. 나는 엉덩이를 털며 일어났다.

"아이고오. 소장님 그러지 마시고 더 사정해보세요. 부탁하시는 분이 그러시면 안 되죠. 사모님한테 더 매달려 보시라구요."

김분옥이 한술 더 떴다.

"소장님 얘기는 우리가 협조를 잘 안 하니까 사모님이 중심이 돼서 우리를 좀 끌어내 달라 그 말씀인 것 같은데……."

이화실이 말은 가장 바로 알아들었다.

"그게 맨입으로 되나… 우리 교회를 나오든지 해야지 소장님도 참……."

최숙자의 말에 나는 마침내 모든 의욕을 잃었다.

일시에 찬물을 뒤집어썼다는 느낌이었다. 누구도 더 이상 말을 하지 않았다.

"가지요."

나는 배낭을 챙겨 들고 일어났다. 아주 서글픈 기분이 들었다. 2주일간 일주일에 두 번, 하루에 한 시간, 그러니까 서너 번만

나와서 서로 동작을 맞춘 다음 경진대회에 참석해주면 될 일이
었다. 겨우내 무료로 최신식 장비가 갖추어진 건강증진실에서
운동하고 물리치료하고 차 마시고 한 것에 대한 대가로라도 응
해줄 줄 알았다. 나는 맨 뒤에서 천천히 산을 올랐다.

"싸운 집안 같네."

최숙자가 눈치는 있어서 농담이랍시고 한마디 했다. 오르막
이 심한 지역이었다. 그저 헉헉대는 숨소리만 이어졌다.

7. 경계

가는 봄비가 내리는 한낮, 정원수에 올라앉아 놀던 새들이 처마 안으로 모여들었다. 골 깊은 곳의 늦은 눈과 황사가 서로 어긋 만나는 동안, 봄이 저만큼 와 있었다. 부지런한 사람들은 벌써 밭에 거름을 주고 땅을 일구기 시작했다.

마을의 겨울은 어수선했다. 그 어수선함은 아직 남아 있는 겨울의 끝자락을 따라 사라졌으면 좋겠다. 삶의 포장을 중요시 여기는 사람들의 화법처럼 아무런 상처도 입지 않은 채 겨울을 보냈다고 말하고 싶었다. 나는 위현리에서 소박한 사람들과 잘 지내왔다고, 또 잘 지내고 있다고, 그리고 정성 들여, 아니, 제법 많은 돈을 들여 꾸민 정원이 날이 갈수록 환한 봄의 조명이 되어 예쁜 보건진료소를 비춰 주었으면 좋을 것 같았다. 지난 반년여 동안 그 외관의 이미지가 인간으로 인해 손상받은 일이 없었던 것처럼, 혼자 있는 시간, 간혹 음악을 들으며 아스라한 눈빛으로 저 풍력발전기를 바라보다 맑은 얼굴로 사람들을 맞고 싶었다.

노인체조 사업은 실패로 돌아갔다. 경진대회는 무산됐다. 어떤 패배감이 없었던 건 아니다. 그러나 나는 그 패배감조차 내가 노력했던 증거로 담담히 받아들였다.

장달자는 천오백에 산 보건진료소 구 건물이 팔리지 않자 돈을 들여 수리를 했다. 그리고 사천오백에 다시 팔아달라고 하며 아침마다 나를 찾아왔다. 내가 남의 재산 문제에 관여할 수 없다고 하자 자신의 아들과 며느리는 바빠서 할 수 없으니 어떻게든 내가 해결해줘야 한다며 으름장을 놓았다. 나는 그쯤에서 완전히 장달자에게 거리를 둬야 한다고 생각했다. 장달자가 생떼를 쓰며 나를 자꾸 끌어들이고 싶어 하는 데는 또 다른 음모가 있을 수 있었다.

저만큼 가는 비를 맞으며 밭을 가는 사람들이 있었다. 앞에서 쟁기를 끄는 사람은 김금송이고 뒤에서 미는 사람은 장달자였다. 요즘은 시골에 소가 귀해서 소 대신 사람이 밭을 가나. 나는 그렇게 잠깐 의문을 가졌다. 그래도 얼마든지 주말을 이용해 함께 일할 수 있는 장달자의 아들이나 며느리가 아니라 김금송이라는 사실이 뜻밖이었다. 그저 재미 삼아 하는 김매기도 아닌 일을 김금송이 자발적으로 나섰을 리 없고 장달자 또한 하루 품값이라도 주며 김금송을 부릴 리 없었다.

김금송은 내가 이 마을에 처음 왔을 때, 눈에 띄었다. 환자일지의 주민등록번호를 보지 않았다면 그녀가 예순이 넘었다는 것을 짐작조차 하지 못했을 것이다. 균형 잡힌 골격에 일상복이더라도 옷감이나 색깔이 고급스러운 옷차림새 또한 이 마을 사람들과 확연히 구분되었다. 이를테면 그녀는 약간의 광택이 나는 감색 플레어스커트에 울 소재의 카디건을 입었고 봄바람이 차가우면 그 위에 숄을 살짝 두르고 산책을 하곤 했다. 말씨는 서울 말씨에 이따금 바이러스니, 아스피린이니, 시린지니 하는 영어를 아주 자연스레 섞어 썼는데 그 발음이 예사롭지 않았다.

그런데 그즈음 언제부터인가 김금송이 마을에서 보이지 않았다. 대신, 김금송의 집 마당에 한 남자가 어슬렁거리는 게 가끔 목격되었다. 이혼한 남편이라고 했다. 갖은 소문이 다시 마을에 돌았다. 전 남편은 김금송의 몇 천만 원 정도의 현금과 집을 빼앗기 위해 김금송을 찾아왔고 김금송은 이를 거부하다 흠씬

두들겨 맞은 후 시내의 교회로 탈출했다는 소문이 그럴 듯했다.

　얼마 후, 김금송이 집만 남기고 나머지 현금은 모두 전남편에게 주는 조건으로 집에 다시 돌아왔다고 미니슈퍼에서, 박도옥의 입에서, 장달자의 입에서 소식인지 소문인지 알 수 없는 얘기들이 돌았다. 김금송과 그녀와 함께 사는 남자, 최봉만이 무일푼에 법적으로 혼자라는 것을 내세워 면사무소에 영세민 신청을 했다는 소문도 있었다. 같이 살면서도 이혼을 했기 때문에 각각 세대주로 등록하였다는 것이다. 그 과정에서 원칙을 따지던 이장과 담당 공무원이 최봉만에게 멱살을 잡히거나 폭행을 당했다는 말도 있었다.

　"약 좀 주세요."

　김금송이 어깨를 두드리며 들어왔다.

　"어디가 불편하세요?"

　"어제, 평생 안 하던 짓을 해봤더니……."

　나는 장달자 밭에서 쟁기를 끈 모습을 봤다고 말하지는 않았다. 김금송의 표정은 어둡고 뭔가 몹시 고통스러워 보였다. 처음 봤던 세련된 모습은 이제 간데없고 그녀는 이제 시골 촌부의 모습에 거의 가까워져 있었다.

　"많이 불편하시면 이쪽에서 치료 좀 받으세요."

　나는 건강증진실 쪽을 가리켰다.

"제가 해도 되나요?"

"무슨 말씀이세요? 샌드베드에서 찜질 좀 하고 안마의자에 좀 앉았다가 일어나시면 한결 몸이 가벼워질 거예요."

"네. 할게요. 고마워요."

그러면서도 김금송은 별 관심이 없다는 투로 소파에 앉은 채 멍하니 창밖을 보았다. 어제 내린 비로 마을은 더욱 크게 숨을 쉬며 봄의 가운데로 달려들고 있었다. 나는 그녀에 대한 진료기록을 컴퓨터에 입력하느라 자판을 두드렸다. 그리고 처방한 근육 이완제를 스테이션 위에 올려놓았다.

"소장님."

그녀의 목소리가 푹 가라앉아 있었다. 더는 억제할 수 없다는 비명처럼 들려 나는 마치 뒤로 한 발짝 물러나듯 대답 없이 그녀를 향해 눈길만 던졌다.

"소장님은 참 대단하세요."

김금송의 시선은 다시 소파 정면의 티브이로 가 있었다.

"소장님은 젊으신 분이…… 참으로 대단하세요."

나는 마을 사람들의 이런저런 넋두리가 듣기 싫어 티브이를 켜뒀다. 때로 넋두리는 단순한 넋두리가 아니라 내 반응을 보며 나를 겨냥하는 경우가 있었다. 예를 들면, 아들 내외가 자가용을 잘 태워주지 않는다고 흉보다가 내가 그런 처지를 측은해

하는 반응을 하면 바로 내게 차를 태워달라고 하는 식이었다.

"신앙도 없는 분이 어쩌면 그렇게 꼿꼿하신지⋯⋯."

티브이 볼륨은 0에 맞춰져 있었다. 대신 건강증진실에 낮게 켜진 오디오에서 잔잔한 실내음악이 나왔다.

"이 동네 만만치 않잖아요. 그런데 소장님은 소장님이라 그런지 다들 소장님을 좋게 말씀하세요. 아무도 소장님을 함부로 말하지 못해요. 다른 사람들에 대한 비판은 있어도 소장님에 대한 비판은 없어요. 어떻게 하면 그렇게 살 수 있는지. 어떻게 하면⋯⋯."

뭔가 단단히 넋두리를 하려고 온 듯했다.

"소장님이 절 어떻게 보는지 다 알고 있어요. 소문도 다 들었을 거예요."

나는 이제 의도적으로 말을 안 하는 게 아니라 할 말을 찾지 못하고 있었다.

"⋯ 무슨 말씀인지 모르겠지만 저 김금송 씨에 대해 감사하게 생각하고 있어요. 일전에 노인체조에도 적극 참여해 주셔서 고마웠어요."

박도옥의 방해 작전에도 불구하고 묵묵히 참여해 준 그녀에 대해 고마움이 있었던 건 사실이었다.

"그건 좋았어요. 노인체조라고는 하지만 거의 댄스였잖아요.

체조하는 동안은 스트레스도 날아가고 몸도 가벼워지고 좋았어요. 그저 우리 모두가 단합을 해서 많은 협조를 했어야 했는데 그걸 못했으니 죄송할 따름이에요."

"힘내시고 얼른 물리치료나 좀 받으세요."

"고마워요. 소장님. 그런데 소장님! 바쁘지 않으시면 제 얘기 좀 들어주실래요?"

나는 거절할 명분을 찾지 못했다. 듣고 싶지 않았지만 도리가 없었다.

김금송은 미국에서 살다가 남편의 사업이 기우는 바람에 5년 전, 귀국했다. 삼 남매의 교육을 위해 이민을 갔지만 자식들은 욕심만큼 잘 자라 주지 않았다. 남겨두었던 평창동 집도 경매에 날리고 얼마의 현금이라도 지키기 위해 이혼을 했다. 남편은 종적을 감췄다. 김금송은 혼자 동해안을 여행하다가 먼 친척 할머니가 살아 한 번 와 본 적이 있는 위현리가 문득 떠올랐다.

혼자 손바닥만 한 땅과 빈집에 둥지를 틀자 가장 먼저 찾아온 손님이 박도옥이었다. 박도옥은 마을의 정보를 알려주며 이것저것 음식을 챙겨주며 살갑게 다가왔다. 그녀의 말로는 이 마을에 여자 왕초가 한 명 있는데 웬만한 남자치고 그 여자에게 한 번쯤 멱살을 잡히지 않은 사람이 없다는 것이다. 좀 만만해

보이면 함부로 하니까 절대로 어설프게 아는 척하지 말라고.

여기까지 말한 김금송이 소파에서 일어나 창가의 정수기 앞으로 갔다. 어느덧 그녀의 등은 굽어 있었다.

"소장님! 물 좀 마실게요. 소장님도 뭘 좀 드실래요? 커피 타 드릴까요?"

"아니, 저는 됐어요."

나는 심정이 몹시 복잡할 그 순간에도 나를 챙기려 하는 김금송에게 진심으로 연민을 느꼈다. 김금송은 물을 한 모금 마신 다음 컵을 들고 다시 소파에 앉았다. 컵을 모아 쥔 그녀의 손가락 끝이 가늘게 떨렸다.

김금송이 그 무시무시한 장달자를 처음 만난 것은 미니슈퍼에서였다. 계란을 사러 간 김금송은 그곳이 장달자의 아지트인 줄은 몰랐다. 가게 문을 드르륵, 열고 들어갔을 때, 휙, 돌아보던 그 사자형의 얼굴, 그리고 근거 없이 오만한 표정으로, 마치 가늠해보듯 사람을 아래, 위로 훑어보는 모습, 그 여자가 장달자였다. 첨 보는 인물일세. 장달자는 인절미를 우물거리며 김금송을 아래, 위로 훑었다. 김금송은 장달자를 무시하고 가게 주인을 향해 계란이나 열 개 달라고 했다. 서울서 왔다는 그 댁인가. 장달자가 반쯤 혼잣말처럼 했다. 그런데요. 숱이 적어서 두피가 훤하게 보이는 장달자의 정수리를 흘낏 보며 김금송은 시답잖게 대답했다. 꽤 뻣뻣하네. 장달자의 태도는 어처구니없을 정도로 무례했다. 형님, 또 시작이네. 미니슈퍼 주인이 입을 삐죽거렸다. 야! 니따구는 가만있어. 이보오. 서울댁! 여기 좀 앉아 보시지. 넓은 데 살다 왔다는 사람이 어째 처신하는 모양새가 그리 좁우? 김금송은 돌아서지도, 앉지도 못하고 있었다. 꼭 이 마을이 아니더라도 시골 텃세가 어떤 것인지 이따금 전원 생활을 하러 시골로 간 친구들에게서 들어 온 바였다. 좀 앉아 보라고오! 누가 잡아먹나? 김옥화가 앉으라는 눈짓을 했다. 혼자요? 보아하니 남정네라고는 그림자도 안 비치던데……. 김금송은 장달자의 맞은편에 앉았다. 어째 희한하구만! 사내들이랑 살 때는 서울이다, 미국이다 떠돌다가 왜 과분지, 이혼년지 혼자만 되면 남의 동네로 굴러 들어오냐고오? 이왕 굴러들어올 거면 사내 있을 때 좀 들어오면 안 되나? 김금송은 닦은 지 오래된 부연 창밖만 바라보았다. 어떻든 간에 이 동네는 여자가 혼자 살기는 힘든 동네요! 어디서 굴러먹던 것들이 들어와서는 서로 악을 쓰고 지랄을 하며 살고 있거든! 특히, 저 위에 불여시가 하나 있어요. 그년도 처음 이 마을에 굴러들어와서는 시골이다 우습게 보고 아주 할 수 있는 지랄은 다 떨더고만. 꼴값을 떨고 지 편을 만들라고 처먹을 거 싸 들고 이 집 저 집 다니며 살살거리다가 아주 나한테 혼쭐이 났지. 휘어잡으니 고까짓 거

한 줌도 안 되는 거 내가 바닥에 패대기를 쳤어. 아직도 인간 될 라믄 멀었지만 그래도 많이 나아졌다고. 장달자는 혼자 얘기에 취했다가 김금송을 바라봤다. 그러니 내 말은 조심하라 이거지.

이후, 장달자는 김금송을 함부로 부려먹었다. 손아귀에서 나오고 싶었지만 방법이 없었다. 장달자의 손아귀에 있는 것으로 어떤 이익이 돌아오는 것은 전혀 없었다. 오히려 끝도 없이 박도옥이 김금송을 괴롭혔다. 박도옥은 김금송이 장달자 곁에 있는 것을 견디지 못했다. 복수심에 눈이 먼 박도옥은 미국에서 잠시 귀국한 김금송의 딸을 한 번 본 후로는 미국에서 깜둥이와 놀아났을 거라는 둥, 서른 중반이 되도록 시집을 못 가는 이유는 다 그렇고 그런 것 아니겠냐며 온 마을을 돌며 떠들고 다녔다. 장달자는 그런 박도옥을 나무라지 않고 늘 침묵했다. 장달자는 한쪽으로는 그냥 박도옥이 항아리째 해오는 김치와 이런저런 선물 나부랭이를 받아 챙겼고 다른 한쪽으로는 김금송을 가정부처럼 부려먹었다. 김금송이 장달자의 곁을 빠져나가는 그 순간, 장달자는 박도옥의 편에 설 것이 분명했다.

"… 점점 더하네요. 내가 이제 알거지라는 걸 알고 저년들이 점점 나를 깔보고 있어요."

김금송이 후드득 눈물을 떨구었다. 김금송이 약을 한 봉지 먹고 샌드베드 안에 들어가 찜질하는 동안 나는 환기를 시키기 위해 열어놓은 창문을 닫았다. 그러다 멈칫했다. 창밖의 정원에 4월의 훈풍을 타고 싹들이 올라오고 있었다. 그 싹들의 솟아오름에 나는 의아한 눈빛을 던졌다. 장상구의 집과 보건진료소 사이의 경계에는 신축 당시, 시보건소에서 담장은 하지 않고 삼십 센티 정도의 간격으로 회양목을 심었다. 그 회양목과 회양목 사이에 옥수수와 호박이 뾰족뾰족 올라오고 있었다.

보건진료소의 조경은 눈에 띄게 정성을 들여 했다. 내게는 관리의 책임이 있었다. 뒤쪽에도 꽤 넓은 공간이 잔디와 나무로 채워져 있는데 나는 그곳에 곡식을 심을 엄두는 내지 않았다. 간혹 사람들이 상추나 고추 모종을 갖다 주며 뒤에 두어 고랑을 만들어 심으라고 말해도 나는 관공서의 조경을 훼손시킬 수 없다고 사양했다.

장상구의 땅 200평은 집을 짓고도 100여 평 정도의 텃밭이 보건진료소 사이에 있었다. 여름 한철 갖가지 야채를 심어 두 식구 먹기에 부족하지 않은 공간이었다. 그런데 보건진료소 조경수 사이에 호박과 옥수수라니……

"김금송 씨. 주무세요?"

"아니요. 왜요? 소장님."

"좀 궁금한 게 있어서요."

"말씀하세요."

"땅 경계에 대한 사용권에 대해서 좀 아세요?"

"경계는 그냥 두는 거죠. 뭐. 서로 공동 부담하여 담을 치던가······."

김금송이 조금 밝아진 얼굴로 집으로 돌아가자 나는 조동우에게 전화를 했다.

"옆집 장상구 씨가 경계에 곡식을 심었는데 어떻게 하지요?"

"경계라니요? 거기에는 우리가 회양목을 심었잖아요."

"회양목 사이사이에 옥수수와 호박 모종이 올라오고 있어요."

"정말 못 말리는 인간이네. 해보자는 거야, 뭐야?"

"그냥 둬요? 나중에 호박줄 늘어져도 제게 책임을 묻지 않는다면 그냥 둘게요."

"두긴요? 거, 참 환장하겠네. 이장님한테 말씀드려보지 그러셨어요?"

"제가 말하는 것보다 그게 낫겠죠?"

"예. 진료소장님은 직접 나서지 않는 게 좋겠어요. 그런데 장상구가 진료소장님한테 무슨 감정 있는 거 아닙니까? 다른 진료소는 신축하고 아무 말이 없는데 거기는 왜 그런 문제가 생기지요?"

조동우는 무슨 일인지 뻔히 알면서도 시치미를 딱 떼고 재빨리 내게서 원인을 찾으려 했다. 그도 교활하게 사는 방법을 배워가는 것 같았다. 장상구의 됨됨이에 대해서는 나보다 조동우가 더 잘 알았다. 장상구는 보건진료소 건물을 신축하는 동안 보건진료소 지붕 끝이 경계에 살짝 그림자를 만든다며 불법 건축물이라고 문제를 삼은 적이 있었다. 그 일을 계기로 한바탕 소란이 일었다. 조동우는 도끼로 지붕 끝을 잘라버리면 되겠냐고 악을 썼고 보건소장은 자리를 피해 얼른 승용차를 타고 사라졌다가 상황이 종료되자 다시 나타났다. 앞쪽의 땅을 그림자가 지는 만큼 잘라주는 것으로 마무리됐지만 시시콜콜 장상구는 험악한 표정으로 조동우를 찾곤 했다. 언제나 굽히고 들어가는 쪽은 조동우였다. 장상구가 옳아서 그런 건 아니었다. 관공서이며 공무원 신분이라는 것이 제약이었다. 어쨌든 건물을 짓는 동안 다른 문제가 불거지지 않아야 한다는 것이 공무원들의 생각이었다. 장상구는 그때부터 공무원 다스리는 법을 알았는지도 모른다. 그러나 나는 조동우처럼 장상구에게 굽실거릴 수 없었다. 함께 사는 자식보다 가끔 오는 자식이 부모에게 효도하기 쉽듯 조동우는 건물을 짓고 떠나면 그만이었지만 나는 위현리에서 매일 근무를 해야 하는 사람이었다.

"담 쳐요!"

내 전화를 받은 이장은 보건진료소에 와서 간단하게 말했다. 어떤 평가나 의견도 없이 너무나 단답형이었다. 나는 할 말을 잃고 그를 바라보았다.

"예산 없어요?"

그렇게 말하는 그의 표정은 내게 대한 못마땅한 기색이 역력했다. 그리고 얼른 이 자리에서 벗어나고 싶어 한다는 것 느낄 수 있었다.

예산은 있었다. 그러나 예산 이전에 짚고 넘어가야 할 문제가 있었다. 장상구는 낯선 마을에 들어와 살려면 이장한테 잘 보여 두어야 한다는 것을 지론으로 여기는 듯 이장에게 많은 공을 들였다. 두 사람은 가끔 술도 마시고 잘 어울렸다. 그 정도의 사이라면, 이장이 나서서 한마디 해줄 수 있지 않을까. 자네, 그렇게 곡식 심을 데가 없나? 거기는 관공서야. 조경을 했잖아. 옥수수 한 포기 심어 먹을 땅이 없어서라면 내 밭 한 고랑 줄게. 나는 이 정도의 말은 서로 얼굴 붉히지 않고 할 수 있을 것이라고 생각했다. 그러나 장상구는 지금까지 눈 하나 깜박 안하고 계속 이장집 마당과 보건진료소에 주차를 했고 이장은 내가 부탁을 몇 번이나 해도 장상구에게 주차에 대해 한 마디도 못하는 눈치였다.

"돈 아니면 해결이 안 되나요?"

"예산 있으면 이러고저러고 할 필요 없잖아요."

마을 사람들이 때로 이장의 무소신에 대해 격렬한 욕설을 퍼

붓는 이유를 알 것 같았다. 이장이 돌아가고 나는 장상구 집에 전화를 걸었다. 이화실이 전화를 받았다.

"다름이 아니라 여기 두 집 마당 경계에 회양목을 심었잖아요?"

"네. 소장님."

이화실은 내가 노인체조에 참여해 줄 것을 부탁하며 함께 산행을 한 후, 건강증진실 출입이 뜸한 상태지만 여전히 소장님, 소장님 하며 아낌없는 상냥함을 보여줬다.

"그런데 그 사이에 옥수수와 호박이 올라오고 있어요……"

잠시 사이를 두지만 저쪽에서 갑자기 아무런 반응을 보이지 않았다.

"… 아시겠지만 보건진료소는 대지 100평에 겨우 건물 들여앉히고 나머지 땅으로 주차공간과 조경을 했어요. 그 좁은 조경에 저는 뒤쪽에라도 고추 한 포기 못 심거든요. 개인 집이면 상관없겠지만 여기는 관공서고 저는 이곳을 관리할 책임이 있다는 것을 이해해주세요."

저쪽에서 반응을 보이지 않으니 점점 내 말은 비굴하게 길어졌다.

"… 저는 잘 모르는 일이에요. 남편에게 물어볼게요."

그녀의 목소리가 냉랭했다. 조금 전의 상냥함은 거짓말 같았다.

앞으로 옥수수와 호박이 자라나오면 나는 다시 지적을 받을 것 같았다. 보건소장은 주말마다 위현리 근처로 등산을 왔다. 그가 시의원이나 고위 공무원들과 등산을 하고 내려오면 운전 기사가 산 밑에서 그들을 기다렸다가 태워가는 모습이 주민들에게 가끔 목격되었다. 그는 어느 주말, 구 건물의 보건진료소 마당에 주민이 널어놓은 고추를 보고 월요일에 내게 전화를 걸어 노발대발한 적이 있었다. 관공서 마당에 곡식이 뭐야? 누가 보면 공무원이 주민들한테 고추 얻어다가 말리는 줄 알 거 아니야? 왜 그렇게 개념이 없어?

창밖으로 이화실이 부르르 쫓아오는 게 보였다. 현관문 소리가 나고 미닫이 중문이 드르륵, 열렸다. 상기된 얼굴이었다.

이화실은 내가 환자를 진료하는 동안 소파에 앉아 기다렸다가 나에게 다가왔다.

"남편이 노발대발하고 있어요. 남편 말로는 경계는 공동소유래요. 그런데 시보건소에서 경계에 회양목을 심을 때 우리에게 단 한 마디 양해도 안 구했대요. 그러니까 우리도 당연히 경계에 무엇을 하든 누가 말할 수 없는 거잖아요. 남편은 법적으로 따지면 오히려 시보건소 측에 잘못이 있대요."

이렇게 나오는 상황이라면 할 말을 더할 수 있을 것 같았다.

"그런 룰이 있는지 저는 잘 모르겠네요. 그건 차후에 제가 알아보죠. 그보다 먼저 말씀드리고 싶은 건, 저는 법 이전의 것이었어요. 제가 말씀드렸잖아요. 개인 집이라면 눈 감고 살겠다, 그러나 여기는 관공서고 저는 관리책임이 있다고. 그것을 이해해 주길 바랐는데 법을 들고 나오신다면 더 이상 길게 말씀드릴 이유가 없네요.”

“그래요. 법을 위반한 것도 아닌데 우리가 이미 심은 곡식을 뽑을 필요는 없을 것 같아요. 가을이 되면 어차피 없어지게 될 테니까 문제가 안 된다고 생각해요.”

“알았습니다.”

나는 안에서 왔다 갔다 하다가 2층으로 올라갔다. 부엌문을 열고 뒤 베란다로 나가니 마을이 한눈에 들어왔다. 개울을 따라 억새가 푸르게 자라고 있었다. 나는 그 억새의 흔들림을 한동안 바라봤다. 모든 건 ‘현상’일 뿐인 것이다. 그 현상에 내가 비생산적인 소모전을 펼칠 이유는 없다. 나는 이장의 제안을 받아들이기로 했다. 담을 치자!

며칠 후, 내가 출근하지 않는 일요일에 이화실이 경계의 호박과 옥수수를 뽑더라는 말을 김금송이 내게 전했다. 이화실이 사람들 눈을 의식해서인지 이른 시간에 모종을 뽑더라며 김금송은 그날 바로 이화실의 마당가에 국화 모종을 심어줬다고 했다. 나는 문득, 평소 인사도 건네지 않는 이화실에게 모종을 심어 준 김금송의 속없는 성격이 나를 겨냥하고 있는 몇몇 주민과 나 사이에 완충이 되어줄 수도 있지 않을까, 하는 생각을 했다.

"소장님! 알다시피 제가 어울릴 사람도, 갈 데도 없잖아요. 풀 뽑고, 꽃 심는 일이 제 취미고요. 내가 영감한테 재산 다 뺏기고 나니 박도옥이랑 장달자가 나를 사람 취급도 안 해요. 소장님 옆에서 말썽 안 부리고 도와 드리기만 할게요."

내 마음을 간파했는지 김금송은 눈물을 글썽이며 매달리기 시작했다. 돈은 필요 없고 그냥 소일거리로 보건진료소를 가꾸고 내가 잠시 나가야 할 때 보건진료소를 지켜주고 싶다고 했다. 산행을 할 때나 지우 하교시키러 나갈 때, 문을 잠시 잠그고 나가는 것도 신경이 쓰이던 참이었고 이래저래 업무보조원이 필요했지만 마땅한 사람이 없던 참이었다. 하얀 울타리 공사가 마무리될 때쯤, 나는 결국 김금송을 업무보조원으로 맞아들였다.

김금송은 일주일에 하루, 성실하게 청소를 하고 화단을 가꿨다. 한 달이 지났을 때, 나는 김금송에게 등본과 통장 사본과 도장을 가져오라고 했다. 일당은 25,000원이었다. 김금송은 복잡한 표정을 지었다. 이미 장달자가 몇 번 김금송에게 접근하여 돈을 받고 일하는지에 관해서 물어왔다고 했다. 돈을 받지 않는다고 해도 믿지 않는 눈치였다고.

"장달자에게 매달 오만 원씩 주면 어떨까요?"

김금송은 믿기 어려울 만큼 두려움에 떨고 있었다.

"그건 제 소관이 아니에요. 저는 일하신 만큼 한 달 치를 김금송 씨 통장으로 입금하면 그만이죠."

"그건 아는데 제 통장에 다 입금하면 남편이 다 쓸 거예요. 사실, 제 통장과 도장을 남편이 다 관리해요."

"통장을 다시 만들면 되잖아요."

"그냥 놀러 간다고 했는데도 자꾸 캐물어요. 여기서 돈 받는다고 말했어요."

나는 김금송보다 더 고민에 빠졌다. 김금송이 여기서 일하는 대가에 대해 만만찮은 두 사람이 예의주시하고 있었다.

"제가 받는 생활보호대상자 생활비도 남편이 다 관리해요. 제게는 한 푼도 안 주고……."

"두 분이 따로따로 받는 걸로 알고 있는데요."

"그렇지요. 두 개 다 남편이 써요."

"그 돈을 혼자 어디에 다 써요?"

"주식, 하잖아요. 매일 방구석 컴퓨터 앞에 죽치고……."

"그렇다면 여기서 일하지 마세요. 문제가 너무 복잡해요."

"그건 안 돼요. 나는 맞아 죽을 거예요."

"누구한테 맞아 죽어요?"

김금송은 얼굴을 떨구고 흐느끼기 시작했다.

나는 포기하기로 했다. 더 이상 남의 일에 관여할 필요가 없었다. 관여하고 싶다고 해서 관여할 수 있는 것도 아니었다. 나는 김금송이 일한 만큼 품값을 송금하는 것으로 모든 관심을 끊기로 했다.

장달자가 드르륵 문을 열고 들어왔다.

"김금송이 여기서 일한다고?"

나는 장달자의 약삭빠름과 그 빛나는 눈빛에 소름이 돋았다.

"네."

"그래. 잘 생각했어. 서로 돕고 살아야지."

"… 괜찮을까요?"

"왜? 박도옥이가 또 훼방 놓을까 봐? 어이구 그렇기만 해 봐. 내가 죽여 버릴 테니까. 아무 걱정 말고 김금송이나 잘 데리고 있어. 내가 다 책임질게."

그건 뜻밖의 말이었다. 왠지 나도 모를 미궁 속으로 들어가는 기분이었다. 싫증이 났다. 적게는 나보다 10년 이상, 많게는 내 부모보다 더 나이가 많은 사람들을 상대로 윽박지르고 비위 맞추고 일을 해야 하는 이 일에 대해 소리 없는 비명이 나왔다. 왜 내 삶은 소통이 안 되는 것 투성이인가. 정상적으로 자라지 않는 아이와 정상적으로 나를 대하지 않는 사람들 사이에서 나는 웃음을 잃어갔고 관계를 잃어갔다.

8. 도둑

보건소장은 진료소장 전원을 시보건소로 불렀다. 회의 소집 목적은 '직원 혁신 교육'이었다. 지방선거가 끝나고 시장이 바뀌자 시보건소에서는 보건소장실을 없애고 직원 간 책상 위에 올려진 파티션도 모두 철거했다. 원칙주의자인 새 시장이 보건소장의 그동안의 처세에 칼을 겨누고 있어 당분간 보건소 직원들도 괴로울 것이라는 소문이 돌았다. 따지고 보면 열 개 보건진료소의 신축이 2, 3년 내 일사천리로 신축된 것도 보건소장과 전 시장의 각별한 관계 덕분일 수도 있었다. 우리 보건진료소장들은 보건소장이 주선한 전 시장과의 회식에 참석하기도 했다. 그럴 때면 전 시장은 말했다. 니네들, 보건소장 하나는 잘 둔 줄 알아! 그는 또 전우희의 공무원으로서의 품위손상 문제가 불거진 직후에도, 우리를 불러놓고 이렇게 말했다. 동료인 니네들이 우희를 잘 감싸 줘. 알았지?

소문을 뒷받침하듯 보건소장은 쫓기는 얼굴이었다. 혁신 바람 덕분인지 보건소장은 처음으로 존댓말을 썼지만 혁신 교육은 원색적이었다.

"오늘 여러분을 부른 건 이제 더 이상 과거의 방식으로는 우리 공무원들도 살아남을 수 없다는 겁니다. 특히, 여러분들! 잘 생각해보십시오. 세상에 어떤 공무원들에게 살림집 주고 공공요금 대줍니까? 딱, 여러분뿐입니다. 게다가 우리 시에서는 복지부 규정보다 조금 더 넓게 지어줬어요. 직원 한 명이 차지하고 있는 평수가 마흔 평이 넘는데 여러분 각자 자신들 가슴에 손을 얹고 생각해보십시오. 자신들이 차지하고 있는 평수만큼 일을 하고 있다고 생각하십니까? 지금 시장님께서는 분노하고 있어요! 그 큰 건물에서 여러분이 하는 일이 대체 뭡니까? 일을 그렇게 안 하려면 당초 건물 지을 때 좁게 지어달라고 말을 했어야지요. 그때는 입 꾹 다물고 있다가 지금 어영부영 하루하루 보내고 있다는 게 말이 됩니까? 여러분도 아시죠? 그 테레비 무슨 프로야, 아무튼 거기 보면 김제동이가 의료진을 데리고 산골에 가는 게 있지요? 나는 그 프로를 볼 때마다 섬찟해요. 만약에 말입니다. 만약에 그 마을에 보건진료소가 있는데 오지의 환자가 방치된 것을 카메라가 찍었을 때, 그럴 때, 과연 보건진료소의 기능에 대해 국민들이나 시청자들이 뭐라고 생각하겠습니까?"

보건소장은 물을 한 모금 마시며 좌중을 둘러봤다. 모두가 죄인처럼 눈을 내리깔고 있었다. 나는 다른 이들처럼 고개를 숙이고 낙서를 하거나 딴짓을 하지 않았다. 허리를 꼿꼿이 펴고 보건소장의 얼굴을 정면으로 바라보았다. 보건소장은 나와 눈이 마주칠 대마다 시선을 피했다. 보건소장의 목소리는 컸고 얼굴에는 분노와 멸시가 가득했지만 나는 그의 말 단 한 마디도 공감할 수 없었다. 그의 목소리는 공허했다.

"… 더 이상, 이대로는 안 됩니다. 이봐요! 과장!" 보건소장은 제 화를 참지 못하고 거칠게 과장을 불렀다. 예. 과장은 앉은자리에서 잠깐 엉덩이를 떼며 대답을 했다. "내일부터 당장 보건진료소 하루하루 업무일지를 메일로 모두 받아요! 진료는 몇 명 했고 가정방문은 어느 동네 누구 집을 했는지 구체적으로 말이요! 우선 오늘부터 오른쪽으로 돌아가면서 각자 어제 한 일과 오늘 한 일을 얘기해 봐!"

보건소장은 그사이 혁신을 내팽개쳤는지 거친 반말로 고함을 쳤다. 보건소장보다 네댓 살 연배인 우리의 동료는 목소리까지 떨며 말했다. "저는, 어제는 환자 열 명 보고 가정방문 다녀왔습니다. 오늘은 환자 열다섯 명 보고 건강증진실 관리하고 잡초 제거했습니다."

"다음 사람!"

나는 이렇게 말할 생각이었다. 저는 어제 한 일을 오늘도 똑같이 했고 십 년 전에 한 일을 어제도 했습니다. 살림집? 무의촌 오지에 상주하라고 스무 평짜리 건물 안에 방 한 칸 부엌 한 칸 내줘서 10년 이상 살았습니다. 화장실도 밖에 있어 밤이면 요강 들여놓고 살았구요. 공공요금? 그 비용은 정확하게 말하면 시에서 지원해주는 게 아니라 우리가 주민들을 진료해서 번 돈인데 그렇게 말씀하시는 건 심하시죠. 보건소장님! 유치원도, 학교도, 마트도 없는 오지에서 가족들과 상주하며 아이 업고 진료하고, 아이 업고 가정방문 다녔던 게 불과 몇 년 전입니다. 그런데 새 건물 지은 지 얼마나 됐다고 그렇게 함부로 말씀하십니까? 또, 이제는 난방비나 공공요금 축내지 않으려고 출퇴근하는 추세잖습니까? 그리고 마지막으로 보건소장님! 김제동이 나오는 프로가 뭔지 본 적은 없지만 원하신다면 진료소 비워놓고 매일 가정방문 다니고 왕진할 테니 사무실 지킬 인력 한 명 더 주십시오.

"거기까지!"

보건소장은 내 차례 바로 앞에서 말을 잘랐다.

"들어봐야 다 똑같겠지?" 보건소장은 혼자 회의실을 박차고 나갔다. 과장은 내일부터 퇴근 전까지 업무일지를 보고하라고 덧붙였다.

장달자의 출입이 잦았다. 나는 가운을 입고 책상에 앉아 중문을 열고 들어오는 그녀를 조금도 서두르지 않고 머리에서 발끝까지 천천히 바라보았다. 장달자는 며칠째, 어디에선가 지켜보고 있다가 내가 밖으로 나가면, 보건진료소로 들어와 김금송에게 돈을 요구하는 눈치였다.

"김금송이 어디 갔어?"

장달자의 기세가 하늘을 찌를 듯했다. 내가 환자와 마주 앉아 진료를 하고 있는데도 장달자는 조금도 조심하는 기색이 없었다. 뭔가 쓸 만한 무기를 만들어 온 것 같았다.

"무슨 일이예요?"

"할 얘기가 있어서 그래. 어디 있냐고?"

장달자는 두리번거리다가 2층으로 올라갔다.

김금송이 업무보조원으로 일하는 동안 때로는 염탐하는 기색으로, 때로는 뭔가 골똘히 생각하던 단계에서 벗어나 어떤 실마리를 잡은 듯한 태도였다. 나는 약을 지어 환자를 현관에서 보내고 고성이 오가는 2층으로 올라갔다.

"… 이년이, 이년이 내 밭에서 무를 훔쳐 갔어. 세상에 이런 도둑년이 어디 있냐고! 소장도 책임져. 누가 봤는데 내 밭에서 훔친 무로 이년이 김치를 해서 보건진료소로 가져갔다며! 소장도 책임이 있다고! 소장이 시켰지?"

장달자는 드디어 전면전을 선포해왔다. 두어 살 나이도 더 많은 김금송을 향해 장달자는 팔을 뻗쳐 삿대질을 하고 악을 썼다.

며칠 전, 김금송은 내게 배추김치 한 사발을 가져왔다. 음식을 들고 보건진료소 출입을 하지 말라고 몇 번이나 주의를 줘도 소용없었다. 왜요? 노인이 한 음식이라 싫은 거예요? 김금송은 직접 김치 사발을 2층 작은 냉장고에 보관했다. 끝까지 그 김치를 거절할 단호함을 보여주지 못한 것이 화근이었다. 그런데 배추도 아니고, 무라니 알 수 없는 일이었다.

"소장님이 시키다니! 소장님은 아무것도 몰라. 왜 우리 일에 소장님을 걸고넘어져? 내가 잘못했어. 잘못했다고! 우리 사이에 그 정도는 해도 되는 줄 알았지. 정말 잘못했어. 이제 그만 좀 해!"

김금송은 장달자의 팔을 잡으며 애원했다.

"아니야. 분명히 본 사람이 있어. 깍두기를 해서 소장한테 갖다 주는 걸 똑똑히 본 사람이 있어."

현관 앞에서 사람 소리가 났다. 나는 계단을 내려왔다. 현관 앞에 종이 쇼핑백을 든 박도옥이 서 있었다.

"달자 있어? 달자 여기 있지?"

박도옥의 얼굴에도 뭔가 한 건 잡았다는 흥분이 그대로 드러났다.

"잠시 기다리세요."

나는 박도옥에게 말하고 2층으로 올라갔다.

"왜 기다려야 돼? 나는 왜 2층에 못 올라가게 하느냐구? 왜? 야! 너 이리 나와 봐……."

나는 계단을 반쯤 오르다 찢어지는 듯한 목소리에 뒤를 돌아보았다.

"… 너 눈깔 똑바로 뜨고 이거 보라구! 우리 남편이 누군지 알아? 정부에서! 정부에서 받은 훈장이 니년 눈까리에는 안 보이냐고! 니가 감히! 니가 감히 나를 우습게 봐?"

박도옥이 종이 가방에서 꺼낸 무슨 붉은 색의 패를 흔들며 현관 앞에서 악을 썼다.

"아이구 내 혈압!"

박도옥의 혈압은 보통 수축기 혈압 160대를 유지했지만 최근에 가끔 들러 측정했을 때는 200대를 넘었다. 이미 내가 관리해 줄 수 있는 범위가 아니었다. 돈도 있고 일주일에 몇 번씩 시내에 나가면서도 박도옥은 절대 내과가 있는 좀 더 전문적인 병원에는 가지 않았다. 죽어도 내 옆에서, 나를 인질로 억지를 부리겠다는 끈질긴 집착인 것 같았다.

나는 다시 계단을 올라갔다.

"얼른 내려가 보세요. 친구가 찾아왔어요."

나는 장달자에게 냉정하게 말했다.

"친구? 누구?"

아래층에서 박도옥이 계속 욕지거리를 하며 그렇게 악을 쓰고 있는데도 장달자는 특유의 능청을 떨었다.

나는 먼저 계단을 내려왔고 장달자가 뒤따라 왔다. 박도옥은 종이가방을 품에 안고 입을 앙다문 채 서 있었다.

"누가 내 친구라는 거야?"

장달자는 끝까지 시치미를 뗐다. 나는 대답하지 않고 잠시 계단에 섰다. 장달자도 걸음을 멈추고 내 등 뒤에서 말했다.

"아니, 저 화상이 왔는데 왜 나를 부르나?"

나는 계단을 먼저 내려와 책상 앞에 앉았다.

"달자야. 무 도둑 잡았어? 확실하지? 김금송이 가져간 게 확실하지?"

장달자는 대답 없이 현관에 서서 독을 품고 떠드는 박도옥을 데리고 나갔다.

김금송이 지친 표정으로 내려와 소파에 앉았다.

"청소 끝냈으면 가세요."

나는 전날 오후에 택배로 도착한 약품 정리를 김금송과 함께 하려던 계획을 포기했다. 김금송이 안에 있는 한, 장달자와 박도옥은 무슨 구실이든 붙여 나를 괴롭힐 머리를 짜낼 것이다.

"아직 시간이 안 됐어요."

일하는 날, 김금송은 대개 오후 다섯 시쯤 집으로 돌아갔다.

"괜찮아요. 어서 가세요."

그녀가 나를 돕는 길은 어서 집으로 돌아가는 것뿐이었다. 따지고 보면, 김금송을 곁에 둬서 내가 좀 더 본 업무에 집중할 수 있는 건 아니었다. 김금송 때문에 겪어야 하는 소모적인 스트레스는 극복한다 해도 업무의 효율성과 시간 낭비는 다시 생각해볼 문제였다. 그러나 김금송을 내보낼 수는 없었다. 일단, 나는 변덕스러운 사람이 되는 게 싫었다. 이 모든 부작용은 얼마든지 예견된 일이니만큼 내가 극복하고 김금송을 좀 더 교육하는 게 내 할 일이었다. 패배자가 아니면 아무도 살기 싫어하는 시골의 내 일터, 땅값이 오르고 돈 있는 사람들이 전원주택을 짓는다 해도 시골은 결코 좋아지지 않는다. 사람들은 날이 갈수록 그 위화감에 서로를 헐뜯고 아무리 아름다운 정경을 지닌 마을이라도 한 달만 살아보면 얼마나 험악한 정서가

도사리고 있는지 알 수 있는 것이다. 능력 있고 돈 있는 사람들은 결코 시골에 들어오지 않는다. 별장은 가질지언정 '집'을 짓고 모든 삶을 내려놓지는 않는다는 말이다. 나 역시 뭔가 도태된 부분이 있어서 평생 시골에 직장을 두고 이렇게 견디어야 하는 지도 모른다.

이제 내 삶의 그림은 거의 그려졌다. 보건진료소장은 그동안 인위적인 발령이 없어서 한 마을에서만 근무하다가 정년퇴직을 하는 경우도 많으니까 나 역시 지우가 스무 살이 되어도 독립하지 못한다면 위현리에 마당이 있는 자그마한 집을 지어 함께 살 생각을 하고 있었다. 그래서 우선 위현리와 가장 가까운 면 소재의 초등학교에 지우의 입학을 문의했던 것이다. 학년이 올라갈 때마다 반이 바뀌는 시내 학교는 분리불안이 심한 지우에게 적합하지 않았다.

김금송은 잘못이 많은 아이처럼 고개를 숙이고 일어나지 않았다. 나는 일하기를 포기하고 김금송을 바라보았다.

"무는 몇 개나 뽑았어요?"

"세 개요. 배춧속을 넣으려는데 무가 없어서요."

"제게 가져온 그 김치 말인가요?"

"네. 그런데 소장님은 끝까지 모른다고 하세요."

그건 이미 아무런 의미도 없는 말이었다. 장달자와 박도옥은 나보다 더 빨리 알았고 소문은 곧 온 마을에 퍼질 것이다.

"무가 없으면 그냥 김치를 하던가, 필요하면 살 것이지 왜 남의 밭에 무는 허락도 없이 뽑았어요?"

"아무 생각 없이……. 아니, 나는 충분히 그럴 자격이 있다구요. 배추를 절여놓고 혹시 미니슈퍼에 무가 있나 해서 갔더니 김옥화가 그랬어요. 장달자 밭에 무가 많이 컸더라고, 그거 몇 개 뽑아다 쓰라고……. 김옥화는 알거든요. 장달자 밭에 무 심을 때, 내가 같이 씨 뿌렸고 김도 내가 맸어요. 그때 장달자가 가꿔서 같이 나눠 먹자고 그랬다구요."

김금송이 울기 시작했다.

"그래도 그러면 안 돼요. 앞으로 여기서 일하시는 한, 누구 밭에도 함부로 들어가지 마세요. 저로서는 몇 푼 드리지도 않으면서 연세 드신 분한테 너무 이래라저래라 하는 것도 할 짓이 아니니까 두 번 다시 이런 일이 없도록 해주셨으면 해요."

"알았어요. 두 번 다시, 절대, 이런 일은 없을 거예요. 그래도 한마디 하자면, 소장님도 제가 잘못한 것처럼 얘기하지만 내 억울한 건 하나님만은 아실 거예요. 인간의 척도로 하나님은 보시지 않거든요."

김금송은 탁자 위의 티슈로 눈물을 찍어내며 내게도 원망의 말을 했다. 나는 입을 다물었다. 장달자와 박도옥의 목표가 무

몇 개가 아님을 김금송에게 말해도 알아듣지 못할 것 같았다. 아니, 알아듣는다 해도 인정하지 않을 것이다.

"장달자, 정말 나쁜 여자예요. 사람 봐가면서 지 밭뙈기 몇 고랑씩 나눠 줬으면서 나한테는 땅은커녕 어떻게 그까짓 무 몇 개 가지고 이럴 수가 있냐고요?"

장달자는 그 봄, 자신의 밭을 몇 집에 두 고랑, 세 고랑씩을 나누어 주었다. 이를테면 이화실이나 김분옥이었다. 장달자는 내게 와서 몹시 으스댔다. 교인이고 뭐고 해도 자기들끼리는 돈 한 푼 꿔주는 일도, 밭 한 고랑 나눠 주는 일도 없는가벼. 교인 중에서도 땅 가지고 있는 집이 많잖어. 그래도 다 지 살 궁리만 하는지, 아니면 내가 그래도 제일로 넉넉해 보이는지 다들 나보고 땅 좀 달라 그러네. 소장도 뭐 심을 거 있으면 말해. 장달자는 밭을 내준 사람들에게 고구마나 옥수수를 심어 먹으라고 했고 대신 수확한 농작물을 어느 정도 받기로 했다고 한다.

장달자는 참으로 노련했다. 사람들을 부릴 줄 알았고 착취할 줄 알고 인심을 써서 자기 영역을 넓힐 줄 알았다. 그런 면에서 장달자는 박도옥보다 한 수 위였다. 박도옥은 오직 먹을 것 한 줌을 들고 여기저기 다니며 입으로 사람들을 사귀려 하지만 장달자는 그보다 훨씬 지능적이고 교묘했다. 그렇다고 해도 그 비열함이 묻히는 건 아니었다. 지능적이고 교묘한 만큼 훨씬 더 비열했다. 완전히 손아귀에 넣었다고 생각하는 김금송이 보건 진료소에서 받는 돈을 나눌 기미가 없자 집요한 프로젝트에 들어간 것이다. 동업자는 박도옥이다. 장달자는 이미 오래전, 마을 사람과 폭력 사건에 연루되어 피의자 조사를 받기도 했고 크고 작은 일로 검찰에 드나든 경험도 두어 번 있는 사람이었다. 김금송이 이것을 빨리 깨우쳐야 또다시 함정에 빠지는 일이 없을 텐데, 나는 하루하루 살얼음 위를 걷는 것 같았다.

내가 그 어떤 미끼도 물지 않자 장달자와 박도옥의 반란은 장마철의 거센 계곡물처럼 걷잡을 수 없었다. 예상대로 미니슈퍼를 중심으로 마을에 소문이 돌았다. 김금송이 장달자 밭에서 훔친 무로 진료소장에게 깍두기를 해줬다는 게 소문의 요지였다.

내가 장달자, 박도옥과 대치하고 있다는 것을 알게 된 몇몇 마을 사람들이 내게 와서 그들의 울분을 말했고 끝까지 싸워 이기라고 했다. 자신들은 두 년에게 당했지만 ─소송을 걸어 이겼어도 두 사람의 기세와 복수에 눌려 마을 사람들과 어울리지도 못하고 반상회에도 나오지 못했다.─ 소장님은 반드시 이겨야 한다고, 그래서 마을 분위기를 바꿔야 한다고, 또 그년들은 오래전부터 마을 사람들을 쥐고 흔든 경험이 있기 때문에 소장님을 목표로 삼은 한, 쉽게 물러서지는 않을 테니 그 각오 또한 단단히 해야 한다고 일러주었다. 증언자들이 아니더라도 싸움은 이미 시작됐고, 그 과정은 간단치 않을 것이다.

마을 사람들은 서로를 욕하고 비난하다가도 다른 상대를 만나면 언제 그랬나 싶게 똘똘 뭉쳐 다른 상대를 궁지로 몰아넣는다는 사실 또한 나는 모르지 않았다. 그렇다 해도 나는 물러설 수 없었다. 내가 그들을 굴복시킬 수 없다 해도 나는 그들 앞에 굴복할 수 없었다.

나는 마침내 김금송이 해 온 배추김치 한 포기를 비닐봉지에 그대로 쏟아부어 쓰레기통에 던졌다.

장달자가 다시 찾아와 내가 진료 끝내기를 기다렸다가 작심한 듯 말했다.

"그날, 박도옥이 달래느라 혼났네. 김금송이 내 밭에서 무를 훔치는 걸 누가 보고 박도옥이한테 얘기했다는데 내가 그만하라 그랬지. 진료소장도 무를 훔친 년을 감쌌다고 또 시보건소에 찌른다는 걸 내가 달래놨다 이 말이야. 근데 그 정도로 끝났으면 넘어가려고 했는데 김금송이 그년이 내 밭에서 또 호박을 훔쳐 갔어. 어제 아니면, 오늘인 것 같애."

나는 못 들은 척하고 조금 전에 다녀간 환자의 상담일지를 차팅했다.

"소장은 공무원인데 밑에 사람을 잘 부려야지 그래서 되겠어? 같이 콩밥 먹게 되면 어쩌려고 그렇게 미련을 쓰나?"

나는 인내심이 많지 않았다.

"호박 훔쳤다는 증거 있어요?"

"증거가 왜 필요해? 이 동네에서는 그럴 짓 할 년이 그년밖에 없는데……."

한여름에는 마을에 호박이 넘쳤다. 넘쳐서 썩힐 정도인 호박을 훔쳐 갔다고 김금송을 도둑으로 모는 장달자의 집요함이 어리석고도 심상찮았다.

"오후에 김금송 씨 오시면 물어볼게요."

"거 참 소장 입 한번 가볍네. 물어보긴 뭘 물어봐? 물어보면 그년이 훔쳤다고 하겠어? 그냥 그런 줄 알고 알아서 하라고……."

오후가 되자, 김금송이 들어왔다. 나는 김금송 앞에 차 한 잔을 냈다.

"내가 그년을 그냥……."

김금송의 입술이 일그러졌다.

"안 훔쳤으면 됐어요. 제가 말씀드리는 이유는 지금 분위기가 그 정도라는 것을 알려드리는 거예요. 절대 꼬투리가 될 만한 행동하시면 안 된다는 거, 그거만 다시 한 번 당부드릴게요."

김금송이 입술을 떨며 눈물을 흘렸다.

9. 개

  수선스런 여름이 가고 장대비를 동반한 태풍이 마을을 몇 차
례 흔들고 지나갔다. 높아지는 하늘 아래 다소곳하게 매무새를
다듬는 마을은 본능적으로 겨울을 준비하는 듯했다.

  보건진료소 앞에는 키 낮은 작은집 두 채가 있었다. 집과 집
사이는 배추밭이었다. 초겨울 햇살을 받고 있는 배추는 곧 아
낙들의 손을 거쳐 김장독으로 들어갈 채비를 했다. 배추는 절
반쯤 뽑혔다. 며칠 전, 배추밭의 주인은 자루에 배추를 반쯤 넣
어 와서 먹고 모자라면 더 가져가라고 했다. 나는 이미 김장을

끝냈지만 한껏 상기된 얼굴로 선심을 쓰는 촌로(村老)의 기색을 모른 척할 수 없어 배추를 받았다. 마음이 편치는 않았다. 배추를 받은 사실이 박도옥이나 장달자에게 알려지면 또다시 어떤 화근의 도화선이 될는지 알 수 없는 일이었다.

"배추를 많이 하셨네요."

나는 복잡한 생각을 떨치기 위해서 돌아서는 촌로를 향해 지나가는 말처럼 한마디 던졌다.

"아, 저거요. 아직 안 뽑은 건 우리께 아니고 저 아래 뚱땡이껍니다."

마을 사람들의 일부는 장달자를 그렇게 불렀다.

"지 밭 놔두고 남의 밭에 곡식 꽂아 먹자는 심보는 뭔지… 쯧쯧……."

촌로는 남의 일처럼 혀를 찼다. 그는 노인회 모임에서 장달자에게 멱살을 잡힌 적이 있다는 소문이 있었다. 그런 일이 있은 후, 어떻게 장달자와 다시 대화를 나누고 밭 한가운데에 배추를 심어 먹게 했는지 나로서는 알 길이 없다. 그날, 누군가 와서 지나가듯 하는 말을 듣고 그런가 보다, 라고 이해하면서도 새삼 놀라긴 했다. '그 미련한 낯짝을 해가지고 잔대가리 굴리는 건 누구도 못 따라가지. 지 밭은 남 줘서 도지 뜯고 지는 남이 일궈놓은 논밭 한가운데 씨 뿌려서 김도 안 매고 거저먹고……'

아무도 따라갈 수 없는 장달자의 수완이었다. 장달자는 초여름까지 보건진료소를 들락거리면서도 창밖으로 보이는 밭 가운데 배추씨를 뿌렸다는 내색을 하지 않았다.

아침부터 장달자가 배추밭을 어슬렁거렸다. 못 보던 장달자 연배의 여자 서너 명이 나타나 배추를 뽑았다. 이화실과 김옥화도 작은 손수레를 밀고 와 배추를 실어갔다. 장달자는 허리를 한껏 뒤로 젖히고 소작농의 지주처럼 배추를 뽑는 사람들 사이를 오갔다.

오후가 반쯤 지나고 있었다. 장달자가 왔다. 여름에 무와 호박 건으로 나를 협박한 후, 처음 들어오는 것이었다.

"홍실 먹을라는가?"

장달자의 손에는 투명한 비닐봉지가 들려있고 그 안의 주홍빛 감이 보였다.

"아니요."

"배추 좀 갖다 먹지."

장달자는 다시 거래를 텄다.

"아니요."

나는 마음을 단단히 먹었다.

"저기 말이야. 좀 이따 시내 좀 갔다 와."

나는 장달자의 얼굴을 쳐다보았다.

"내가 시내 사는 친구한테 배추를 팔았거든. 그것 좀 친구 집까지 실어다 주고 와. 금방 시간 안 되면 6시까지 기다리라고 할게."

장달자는 끈질겼다.

어느덧 동절기로 접어들어서 해는 점점 짧아지고 있었다. 여섯 시면 어두웠고, 나는 퇴근하면 엎어질 듯 집으로 바삐 돌아가 아이들을 챙겨야 했다.

"며느님이 여섯 시 전에 퇴근하잖아요. 그편이 더 빠를 것 같은데……."

장달자의 며느리는 직장에서 다섯 시에 퇴근하기 때문에 5시 30분이 되기 전에 마을로 들어왔다.

"하이고오. 되게 뻣뻣하게 나오네. 차라리 기름값을 달라고 하면 줄 테니 너무 그러지 말라고!"

장달자가 나가며 문을 거칠게 닫았다. 나는 그 소음의 잔음을 느끼며 우두커니 서 있었다. 어떤 조짐을 예측한다 해도 무엇을 어떻게 할 수 있는 건 이제 아무것도 없었다.

다음 날, 1리 이장의 차가 멈추는 것을 보며 나는 손에 들고 있던 찻잔을 책상 위에 놓았다. 그가 어색하게 웃으며 들어왔다.

"일찍 나오셨네요."

아홉 시인데 일찍 나온 건 내가 아니라 이장이었다.

"면에 회의가 있어 나가는 길입니다."

"네에. 차 한 잔 드릴까요?"

"아닙니다. 금방 가야죠. 다름이 아니라 어제 반장을 만났는데 박도옥 씨가 반장을 집으로 부르더랍니다. 소장님이 불친절하다고 다시 시보건소를 찾아가겠다고 했대요."

"어떻게 불친절하데요?"

"그저 뭐……. 저도 얘기는 충분히 했습니다. 마을 주민들 누구도 소장님을 박도옥 할머니처럼 생각하는 분이 없다고……. 다들 소장님이 친절하고, 약 잘 짓고 더 이상 바랄 게 없다고 말씀드렸어요."

"그런데요?"

"처방도 똑 부러지게 하는 거 알고 장달자 할머니와 박도옥 씨 두 사람한테만 쌀쌀맞다는 것도 안대요."

"알면, 왜 그런지 그분들이 반성을 해야죠."

"그게 되는 사람들이면 저러겠습니까? 그러니까 소장님이 감싸주세요."

"제가 감싸주지 않아서 일어나는 문제가 아니지요."

"두 사람이잖습니까? 그 두 사람만 잘 받아주면 되잖아요."

"안 받아준 것도 없고 다른 주민과 차별을 둔 적도 없어요. 그동안 오히려 특별대우해줬어요. 그랬더니 저분들이 점점 저나 보건진료소를 다른 목적으로 사용하려는 거예요. 저분들에게 보건진료소를 상대로 그렇게 하면 안 된다는 걸 왜 아무도 가르쳐 주지 않죠?"

"그런 말이 먹히는 사람들이 아니에요. 특별대우해달라고 하면 계속 그렇게 해주세요. 정 불만이 많으면 반상회에 나와서 정식으로 주민들 앞에서 얘기하라고 했는데도 안 나왔어요."

"그것 보세요. 그 사람들 스스로도 정당성이 없는 주장을 펴고 있다는 걸 안다는 뜻이잖아요. 김금송 할머니 여기서 일하는 거 간섭하고 자꾸 이러는 거 공무집행 방해예요. 이게 말이 되냐구요. 주민들끼리의 갈등에 저를 인질로 삼는 거라구요. 이장님께도 부탁드리는데 제발 본질을 제대로 파악해주셨으면 해요."

"잘 알았습니다. 다만 앞으로 우리 마을에 테마사업이 육성될 것이라는 거, 소장님도 알지 않습니까? 시 지원금이 50억이 넘어요. 모든 일이 잘 진행될라믄 마을이 자꾸 시끄러워져서는 안 될 것 같아서……. 어쨌든 알겠습니다. 그러다 말겠지요 뭐."

이장은 용두사미식 발언을 하고 나갔다.

바야흐로 독감 예방접종 시기가 되었다.

독감 예방접종을 시작하는 아침, 김금송은 하얀 털모자를 귀밑까지 내려쓰고 깔끔한 모습으로 들어왔다. 나는 사람들이 한꺼번에 몰릴 것 같아 김금송에게 일찍 와 달라고 했다. 독감 접종 날짜를 맞추어 미리 제작한 신년 달력 박스도 열었다. 위현보건진료소 기관명이 적힌 보건 달력은 1년에 한 번 주민들에게 하는 선물이었다. 달력 선물은 내가 위현리에 와서 처음 한 일이었고 굳이 하지 않아도 될 일이었지만 글씨가 크고 보건정보가 많아서 한 해라도 거르면 주민들은 서운해했다.

사람들이 마을 이장이나 반장, 혹은 다른 남자들의 경운기 또는 승합차를 타고 몰려왔다. 김금송은 접수를 하고 나는 접종을 했다. 접종을 받고 돌아가는 사람들에게 가구당 한 개의 달력을 나눠주는 일도 김금송이 맡았다. 해마다 혼자 그 일을 하는 것이 많이 힘들었는데 옆에서 그렇게라도 거드는 사람이 있으니 한결 수월했다. 전날 깨끗이 청소를 해놓고 아침 일찍 와서 화초에 분무기로 물을 뿌리고 이따금 차를 내오는 김금송을 바라보며 나는 장달자와 박도옥의 그 어떤 방해공작에도 굴하지 않는 나 자신이 대견하기도 했다.

예방접종과 진료로 입안이 바싹 마를 정도로 바쁜 한나절을 접고 정오가 되자 나는 김금송을 옆에 태우고 시내로 갔다. 김금송이 중국 음식을 먹고 싶다고 지나가는 말처럼 한 것이 생각나서였다. 시내 외곽의 청요리 집에서 나는 우동을 시켰다.

"소장님. 정말 고마워요."

김금송은 김이 나는 우동을 앞에 두고 젓가락을 든 채 눈시울을 붉혔다. 노인들은 별것도 아닌 일에 감격하고 별것도 아닌 일에 서운해했다.

　"어서 드세요. 얼른 또 가봐야죠."

　"네."

　김금송이 눈물을 훔치며 면발을 끌어 올렸다.

　오후 1시 10분, 서둘러 우동을 먹고 돌아온 지 10분이 지났다. 김금송이 준비한 녹차를 마시고 있는데 박도옥이 긴장한 얼굴로 들어왔다. 나는 사나움과 순진함의 그 끝을 오가는 박도옥이 측은하게 느껴졌다. 본인도 하루하루의 삶이 고통스러울 것이다.

　"어서 오세요."

　나는 자리에서 일어나며 친절하지도, 불친절하지도 않게 박도옥을 맞았다.

　"나중에 다시 올게."

　박도옥이 현관문 안쪽에 있는 실내화를 꿰어 신다 돌아섰다. 대기실 안쪽에 앉은 김금송을 본 것 같았다.

　"미친년! 여러 가지 하네."

　김금송이 불쾌한 감정을 거르지 않고 내보냈다. 나는 아무 말 없이 다음 환자가 오기를 기다렸다.

독감 접종 이튿날, 김옥화가 감자 한 박스를 이층으로 올라가는 계단에 내려놓았다.

"너무 고마워서요. 덧나면 한동안 고생할 줄 알았는데 소장님 덕분에 잘 나았어요."

김옥화는 며칠 전 스쿠터를 배우다가 다리에 심한 찰과상을 입어 내가 치료를 해줬다.

"뭘 좀 갖다 드리려고 해도 눈이 무서워서……. 뭔 놈의 동네가 이렇게 살벌한지. 소장님! 요즘 마음고생이 많지요?"

나는 그냥 웃었다. 최근 김옥화와 장달자가 심하게 다투어서 장달자는 오갈 데가 없다는 얘기를 들었다.

"소장님! 이건 이 동네서 아는 사람 몇 안 되는 얘긴데요. 박도옥 할머이 말이요. 저번 일요일에 요 앞 식당 집 개한테 물려서 최지자가 병원 응급실에 데리고 갔다 왔어요. 그 개가 사람 무는 개는 아니라는데 운동 갔다가 그 집 마당을 질러오는 박도옥이한테 달려들어 허벅지 쪽을 콱 물었지 뭐요. 조금만 더 올려 물었으면 그놈의 할막따구 사타구니를 확 물어뜯는 건데……."

김옥화가 혼자 큭큭 웃으며 아쉽다는 표정을 지었다.

"… 이 동네는 옛날부터 개 같은 것들이 많이 살아서 것, 들, 이라고 했어요. 개, 것, 들! 근데 요즘은 것, 들이 아니라 넘, 들,

이라고 해요. 개, 넘, 들! 개, 년, 들! 그러니 이사 온 지 얼마 안 되는 식당 집 개도 이젠 이 동네를 안 거지요. 인간으로서는 할 짓이 아닌 짓들을 하는데도 그래도 어느 인간 하나 나서서 말리는 놈이 없으니 개가 나선 거라고요."

김옥화는 뭔가 작정하고 할 얘기가 있는지 일어날 생각을 안 했다.

"예방접종 하려고 오셨죠?"

나는 조금 놀랐고 호기심이 생겼지만 말머리를 돌렸다.

"그 할막따구 한 며칠 들어앉아서 가랑이 벌려놓고 소독하더니 또 휘젓고 다녀요. 내가 박도옥이하고 장달자 그년들한테 별말을 하지도 않았어요. 아, 글쎄 그날 밥을 비벼 먹는데, 아니 소장님은 나를 나쁘게 보면 안 돼요. 이 동네 사람들도 그렇고 내가 그 여자들하고 뭐가 맞아서 맨날 입 섞고 사는 줄 알지만 그건 아니라고요. 소장님도 그렇잖아요. 어디 그 여자들하고 뭐가 맞아서 어울리다가 트라블 생겼나요? 그건 아니잖아요. 그냥 여기나 저기나 사람 상대로 하는 직업이다 보니 오는데 오지 마라고 할 수도 없는 노릇이고……."

내가 백신을 주사기에 재고 문진표를 책상 위에 올려놓고 있어도 김옥화는 창밖을 흘끔흘끔 내다보며 결국 말을 쏟아놓기 시작했다.

"… 내가 어디까지 얘기했더라. 아, 밥을 볶아 먹었는데 달자 형님이, 아니 그 할망구가 좀 적게 먹은 듯싶어서 내가 그랬지요. 나중에 뒤에 가서 딴소리하지 말고 적으면 적다해라, 그러면 다시 볶으마……"

김옥화는 그쯤에서 잠깐 쉬고 내 반응을 살폈다. 나는 어떤 추임새도 안 넣고 그저 지켜봤다. 김옥화도 한결같은 사람은 아니었다. 눈만 뜨면 장달자와 박도옥과 붙어 지냈다.

"… 그랬더니 장달자 그게 뭐라는 줄 알아요? 똥 낀 년이 더 지랄이라더니 말 다 했녜요? 자기가 어딜 봐서 뒷말이나 하고 다닐 사람이냐고 고래고래 소리를 지르며 양푼을 땅바닥에 둘러메치며 가관도 아니었다니까요. 그뿐인 줄 알아요? 박도옥이 그 여시 같은 할망구가 그 꼴에 나를 타이르더라고요. 나이도 적은 니가 잘못했으니 빨리 달자 형님한테 사과하라고 하는데 정말 그 꼬라지들이 혼자 보기 아깝두만요. 빨리 뒈져야 할 인간들이 뒈지지 않으니 동네가 하루도 조용할 날이 없어요. 그두 년만 아니면 이 동네가 이렇지는 않을 거라고요."

준공식 다음 날 아침, 장달자는 박도옥 앞에서 나를 향해 사과하라고, 사람이 굽히는 맛도 있어야 한다고 훈계를 하더니 이번에는 그 역할을 박도옥이 했었나보다. 두 노인은 늘 그렇게 따로 다닐 때는 서로에 대해 입에 담을 수 없는 욕을 하다가도,

무슨 일이 생기면 젊은 것들이 사과를 해야 한다며 눈을 부릅뜨곤 했다. 그래도 나는 김옥화의 말에 어떤 반응도 보이지 않았다.

"그러니까 소장님도 생각 잘하셔야 돼요. 저년들은 한다면 뭐든지 하잖아요. 안 되는 일도 되게 하는 게 저것들이라니까요. 안면몰수하고 체면도 없고 뒷일도 생각 안 하고 질기게 밀어붙이면 당할 장사가 있어요? 소장님도 아시겠지만 저것들이 소장님이 정말 미워서 저러는 거 아니라고요. 배가 아파서, 자기들이 손에 쥐고 흔들던 김금송이 소장님 옆에서 일하니까 그게 배가 아파 소장님을 괴롭히는 거라고요. 의리고 뭐고 생각할 거 없어요. 그냥 내보내요. 내가 그랬다 하지 말고 어디 다른 사람 알아봐요. 이 동네서 마땅한 사람 못 찾으면 차라리 시내 사람 써요."

나 역시 생각해보지 않은 건 아니었다. 업무보조원은 관할지역 안에 있는 사람으로 쓰도록 법에 정해져 있으니 그게 문제였다.

"당장 예방접종 안 하면 죽나, 어제, 박도옥이 빨리 주사 맞지 못해 안달을 하더라고요. 나보고 보건진료소 같이 가자고 하길래 어쩌나 보려고 혼자 가라 했어요. 쭈뼛쭈뼛 가더니 금방 왔던데 그때 김금송이 여기 있었지요?"

김옥화의 목소리가 낮아졌다.

"네."

"등신도 여러 가지 하네."

나는 좀 망설이다 김옥화에게 속에 있던 말을 했다.

"박도옥 씨 오시면 그냥 보건진료소에 아무렇지도 않게 드나들라 그러세요. 누가 뭐라고 하지 않아요. 저도 아무런 감정 없다고 전하세요."

"그럴까요? 그래 볼게요. 장달자 그건 아직 안 왔지요? 그년은 인간 두겁을 쓴 짐승이라고요. 뻔뻔스럽기는 누구도 못 따라가요. 에잇 더러워……."

다음 날 아침, 박도옥이 들어왔다. 아주 얌전한 학생처럼 다소곳했다. 여전히 쓴 둥근 모자 아래의 얼굴은 무엇 때문인지 열꽃이 피고 부쩍 늙어 보였다.

"독감 접종하지요?"

박도옥이 주눅 들지 않도록 나는 약간 웃어 보이며 스테이션 밖으로 나갔다.

"네. 좀 앉으세요."

나는 박도옥을 소파로 안내했다.

"어제 김옥화한테 들었어요. 소장님이 그랬다면서요? 그래도 이 동네에서 제일 괜찮은 노인은 박도옥 할머니라고 말이요.

사실 나보다 장달자가 더 인간 같지도 않다고… 소장님이 나를 아주 좋게 말했다고 내가 들었어요……."

내가 하지도 않은 말을 당사자인 내 앞에서 저렇게 태연스레 말하는 박도옥에게 나는 할 말을 잃었다.

"… 그러니 소장님한테 한 가지 부탁하러 왔어요."

"말씀하세요."

"김금송이 그년이 오는 시간을 알려줘요. 매일 오는 건 아니잖아요. 그년이 안 오는 시간에 내가 올게요."

"그냥, 아무렇지도 않게 지내면 안 되나요?"

"안 돼요. 나는 그년을 용서할 수 없어요. 불법으로 정부 세금이나 축내는 그런 년을 마주 보면 혈압이 올라가요. 소장님도 그러는 거 아니에요. 우리는 특별한 신분이라고 했잖아요. 이런 데서 대우받을 자격 있다고요."

"제가 대우를 잘못한 적 있나요?"

"내가 들어오면 좀 방긋방긋 웃으면서 손을 끌고 소파에 앉히고 그래 봐요. 그렇게만 하면 내가 시장님 찾아가서 표창장 주라고 할게. 나, 시장하고 잘 알아. 우리 남편하고 시장님하고 어떤 사이냐 하면……."

전화벨이 울렸다. 장달자였다. 독감 예방접종에 대한 문의였다.

시내 사람들도 육십 다섯이 넘으면 다 공짜지? 보건진료소에서 몇 년째 65세 이상 노인을 보건진료소 자체기금으로 독감 예방접종을 해줬더니 장달자는 해마다 시내 고스톱 친구들을 불러들였다. 나는 그렇다, 고 대답하고 수화기를 내려놓았다.

"… 머리 검은 짐승은 돌봐주지 말라는 옛날 말 그른 거 하나도 없어요. 김금송이 그년이 우리 남편이 이제는 가고 없는 며느리 방에 드나들었다는 소문을 냈어요. 어떻게 그럴 수가 있냐고요? 내가 아들 죽고 얼마나 원통한 세월을 살았는데 지 년이 감히 그럴 수가 있냐고요?"

박도옥이 통곡을 하기 시작했다. 무엇 때문에 내 앞에서 저런 눈물을 보이는지 몰라도 우는 사람도 우는 이유가 있으리라. 나는 김금송이 보건진료소에 오는 날을 적어줬다. 박도옥은 다소 머뭇거리다가 달력 두 개와 일전에 김옥화가 다쳤을 때 보건진료소에서 가져 온 약을 보았다며 소독약과 알코올 솜, 연고, 거즈 등을 김옥화에게 준 것과 똑같이 달라고 요구했다. 나는 박도옥의 요구를 모두 들어주었다.

"우리 손녀도 간호대학 보낼 거야. 그래서 진료소장 시킬 거라구."

박도옥은 뜬금없는 소리를 하며 문을 열고 나갔다.

장달자가 시내에 있는 고스톱 친구들을 불러들여 무료로 독감 예방을 하고 팔자걸음으로 나간 지 며칠이 흘렀다. 박도옥도 김금송이 있는 시간을 피해 하루도 빠짐없이 며칠째 보건진료소에 왔다. 박도옥이 보건진료소에 와서 하는 일은 특별한 게 아니었다. 혈압을 재고 혈당을 측정하고 차 한 잔을 마셨다. 내 눈치를 봐서 호시탐탐 장달자, 김옥화, 김금송을 비난하기도 했다. 같잖은 것들, 그래도 박도옥이 내가 촌년들 인간 많이 만들어놨다는, 늘 똑같은 내용이었다.

박도옥이 수시로 마을 사람 하나를 표적 삼아 죽기 살기로 괴롭힌다는 데는 마을에서 이견이 없었다. 내가 이 마을에 오기 전, 마을의 젊은 여자를 시어머니 병시중을 제대로 못 든다고 불효자 대회를 열어 공개재판을 하겠다고 법석을 떤 적도 있었다고 한다. 위현리에 사는 그 젊은 여자의 오빠가 보건진료소에 와서 내게 말했다. 소장님! 그년들, 이제 할 짓 안 할 짓 다 하다가 결국 소장님까지 건드네요. 기가 찹니다. 일단 그년들 이빨 사이에 한 번 물리면 잠도 못 자고 밥도 못 먹어요. 그 심정은 당해보지 않은 사람은 아무도 모릅니다. 먼저 당한 입장에서 말씀드리는데요. 두고 보시면 알겠지만 소장님 정신 바짝 차리셔야 합니다. 지금이야 소장님이 이 자리 지키고 계시고 문제가 마을 밖으로 흘러나가지 않았으니까 이 동네 이장, 반장들 소장님 말씀 들어주는 것 같지만 문제가 밖으로 흘러나가 보십시오. 절대 소장님 편 안 듭니다. 다 개새끼들이에요. 그년들이 툭하면 마을을 쥐고 흔드는 데는 다 그럴만한 이유가 있어요. 이게 말이나 되는 일이냐 말입니까? 어느 동네에서 도대체 이런 일이 일어나냐 말입니다. 마을에 이제 망조가 든다는 뜻이지요. 이렇게 돼가는 건 이장, 반장들 책임이 크지요. 거지새끼처럼 떡고물 떨어지는 데만 찾아다니고 정작 나설 일에는 요리 빠지고 조리 빠지고 말머리 빙빙 돌리며 말장난이나 하지 끝내는 그년들 편들 겁니다. 두고 보세요.

무엇이 어떻든 나는 그저 모든 게 이런 식으로 흐르다 다시 합쳐지길 바랄 뿐이었다.

10. 언니라고 불러 봐

　새해가 밝아오고 나는 마을 이·반장으로 구성된 운영협의회를 열었다. 운영협의회는 해마다 마을 안의 한 식당에 모여 몇 가지 현안에 대해 의견을 나누고 점심을 먹었다. 올해에는 협의회장이 위현 3리의 식당을 회의 장소로 정했다.

　결산 보고 외에는 해마다 특별한 안건이 있는 건 아니었다. 다만, 이제 보건진료소 신축을 마치고 농사일을 시작하기 전에 마을 사람들과 함께할 국회 및 가요무대 견학 건을 논의하고, 더불어 특수시책사업인 산행이 활성화되도록 협조를 부탁할 계획이었다. 먼저 올린 안건은 국회와 가요무대 견학 건이었다. 산행을 하던 주민들이 산에 오르며 이따금 노래를 불렀고 누군가 가요무대 한 번 가봤으면 좋겠다는 말을 했고 나는 마침 지인이 방송국에 있어 추진을 해왔다. 가요무대만 관람한다는 것이 여러모로 허전해서 근처에 있는 국회 견학까지 계획했다. 어쩌면 나는 산행보다는 끝없이 분열되는 마을을 가라앉히기 위해, 아니, 박도옥과 장달자가 가고 싶다는 신호만 보내면 참여시키기 위해 계획서를 만들었는지도 모른다. 분위기 전환, 바로 그런 차원에서 말이다.

시 감사계에서는 자체 예산으로 운영되는 보건진료소에 대해 2년에 한 번씩 꼼꼼하게 감사를 했다. 예산지출과 주요 자체 사업에 대해서는 운영위원들의 협조를 얻었다는 서류를 만들어 놓는 게 안전했다.

위현은 그 어느 보건진료소보다 활성화가 되었고 기금도 넉넉히 쌓였다. 나는 쌓여가는 기금을 주민에게 쓸 계획을 세운 것이다. 첫 번째 안건에 대해서는 모두 찬성했다. 그다음 산행에 적극적으로 참여해 달라고 했더니 모두 적극 홍보하겠다고 했다. 협의회장인 1리 이장은 가타부타 말이 없었다. 그는 결산이 끝났으면 식사를 하자며 주방 쪽을 향해 주인에게 소리를 지르는 것으로 회의를 마무리 지었다.

"이거 한 장씩 받으세요."

돌연 명함을 돌리는 최지자는 이장, 반장으로 구성된 운영위원 중 유일한 여자였다.

"앞으로 나를 최지자로 부르면 죽는다아! 아셨지요?"

그녀의 새 이름은 최혜림이었다.

"하이고오! 다 늙어서 별짓을 다하는구먼. 알았다. 알았어! 혜림 여사!"

누군가 놀리듯 그녀의 명함을 흔들었다.

"이제 본격적으로 활동을 하시겠다 이거구만!"

"어디 가서 물어봤더니 그냥 지자라는 이름이 운을 다했다고 하길래 바꿔 본 거예요. 50부터 잘 나갈라믄 새 이름이 필요하다잖아요."

"그렇다고 무슨 명함까지. 왜 시의원 출마라도 할라고?"

"아이, 왜들 이러세요? 보건진료소 협의회장도 안 시켜주면서 놀리기는!"

최혜림이 마을에 들어와 산 지는 꽤 오래되었다. 내가 발령받아 와 가정방문을 갔을 때, 그녀의 시어머니가 집을 지키고 있었다. 며느리는 보험회사에 나가고 아들은 공무원인데 운전을 한다고 했다.

최혜림이 마을에 전면적으로 등장한 건 보험회사를 그만두고 농사를 지으면서부터였다. 그녀는 친환경작목반을 만들어 유기농 야채를 키워보자는 목사의 권유로 비닐하우스 세 동을 지었다. 목사가 책임지고 도회지의 큰 교회와 연결하여 판로를 개척한다고 한다. 이따금 시어머니의 소화제나 관절염약을 지으러 와서 얼굴이 익은 최혜림이 잠시 나에게 가까이 다가온 것도 그 무렵이었다. 최혜림은 야채 한 줌, 파 서너 뿌리를 가지고 와서 친환경 농산물이니 먹어보고 좋으면 내가 사는 시내의 아파트 부녀회나 근처 슈퍼마켓에 소개를 해달라고 부탁했다. 목사를 통해 서울로 가는 야채가 때로는 생산량을 따라주지 못하기도 하니까 내가 사는 아파트 부녀회에 말하여 독자적인 판로를 개척하고 싶다고 했다. 목사는 일단 위현교회 하우스에서 키운 야채를 우선으로 팔고 나머지 부족분을 최혜림의 하우스에서 채우는 식이었다. 나는 직장에 나가기 때문에 아파트 부녀회장이 누군지 조차 몰랐고 별 소득도 없을 것 같았다. 나는 그저 비싸든, 싸든 최혜림이 일주일에 한 번 가져오는 야채를 사고 이따금 알고 지내는 식당이나 이웃에게 간헐적으로 소개해주는 정도로 최혜림의 농사일을 모른 척하지는 않았다. 그러나 최혜림은 원하던 운영협의회장도 안 되고 야채도 욕심만큼 내게 팔지 못하자 부쩍 박도옥과 어울리며 부녀회나 이·반장 회의 같은 곳에서 나를 비난한다는 소문이 돌았다.

마을 사람들은 서로 원수처럼 으르렁거리다가도 어느 날 같은 버스를 타고 단체관광을 가고 고추 모종을 함께 나눴다. 그렇게 그들끼리 반복적으로 살아가면서도 그들은 늘 내게서 시선을 떼지 못했고 내가 짐작하지 못했던 무엇인가를 요구하곤 했다. 그러면서도 준공식 때의 장달자나 노인체조 건처럼 대가 없이는 그 어떤 협조도 하지 않고 오히려 나를 조여 왔다.

아무리 노력해도 마을에서 당신은 이방인이야. 절대로 품어주지 않는다고. 남편은 늘 내 직장의 특수성에 대해 주의를 줬다.

"참 자기도 딱하다니까. 언니, 언니하고 따라다니면 내가 잘해줄 텐데."

상으로 다가들어 먼저 들어온 밑반찬을 젓가락으로 뒤적이던 최혜림이 백김치 한 점을 입에 집어넣고 우적우적 씹다가 별안간 내뱉은 말이었다. 사람들이 일제히 최혜림과 나를 번갈아 바라보았다. 젓가락을 든 최혜림의 손끝이 나를 향하고 있지 않았다면 나는 그 말이 나를 향한 것인지 금방 알아채지 못할 뻔했다.

"아니, 이장님! 소장 성격 정말 고지식하지 않아요? 그냥 언니, 언니 하며 밥도 얻어먹으러 오고 저녁에 어디 가서 소주라도 한 잔씩 하면 내가 야채는 거저 줄 거 아니에요? 시골에서 공무원 하면 시골 사람하고 같이 그저 허물없이 지내야지 뭐가 그렇게 대단해서 거리 딱, 두냐구요? 자꾸 마을에서 이런저런 잡음 생겨봐야 공무원만 다치지. 우리 남편도 공무원이라서 내가 잘 아는데 주민 비위 안 맞춰봐야 결국은 공무원만 손해더라고요. 내가 박도옥 씨 몇 번 좋게 타일렀어요. 자꾸 소장을 모가지 자른다 해서 내가 몇 번이나 붙들어 앉혀놓고 말했지. 여기서 잘리면 그 변변치도 못한 딸자식 데리고 어디 가서 또 벌어먹고 사냐고. 좀 잘 봐주고 한 살이라도 더 잡수신 분이 이해하라고 했지……."

박도옥이 부지런히 최혜림의 농산물을 팔아주면서 최혜림도 박도옥에게 열무김치도 담가 주고 차편이 불편한 박도옥을 옆에 태우고 시내를 오르내리며 많은 공을 들이는 중이었다.

세 개의 휴대용 가스레인지에 불이 켜지고 닭도리탕이 끓기 시작했다. 최혜림 외에는 아무도 젓가락을 들지 않았다.

"… 소주요!"

2리 이장이 들락거리는 주인을 향해 자그마한 소리로 말했다. 남자들은 딴 곳을 보고 있거나 고개를 숙이고 있었다. 민망한 표정이었다.

"… 내가 그렇게 자기 역성들어주는데도 공이 없어요. 공이……."

나는 너무 당황하여 아무 말도 못 하고 처음부터 끝까지 최혜림의 입술 움직임만 바라보았다. 시골 마을 진료소장이 뭐 대단한 자리는 아니었다. 그래도 안면 익힌 지 얼마 되지도 않은 마을의 반장이 젓가락을 흔들며 언니, 라고 부르지 않는 것에 대해 지적할만한 위치는 아니었다.

"아이구우! 지자, 아니, 혜림 여사 또 한마디 하시네. 자, 자 술이나 한잔하자고……."

최혜림 바로 옆에 앉아있던 1리 1반 반장이 최혜림 무릎을 슬쩍 쳤다.

"아이, 왜 그래? 짜증나게……."

남녀 사이에나 있을 법한 비음 섞인 목소리가 나왔고 이어 남자의 굵직한 웃음이 이어졌다. 예순이 가까운 다른 사람들은 못 본 척하거나 빙긋 웃었다.

이장은 양미간에 주름을 모으고 술병을 땄다.

"자, 소장님 한잔하세요. 1년 동안 고생 많으셨습니다. 운영도 알뜰히 하셔서 기금도 많이 모였으니 자, 여러분! 박수 한번 칩시다."

박수가 이어지는 동안 최혜림과 1반 반장은 서로 치고받고 손장난을 계속했다.

"한 가지만 말씀드릴게요. 저는 그냥 지나갈까 했는데 이왕 먼저 얘기가 나왔으니 말씀드리겠습니다."

사람들의 시선이 내게 모아졌고 최혜림과 1반 반장은 손동작을 멈추고 나를 바라봤다. 이장도 굳은 표정이었다.

"아시는 분도 있고 전혀 모르시는 분도 있을 텐데 그리 좋은 일도 아니고 해서 정식 회의 안건으로는 올리지 않았습니다. 이왕 나온 얘기니 하겠습니다. 사실 현재 보건진료소에 문제가 좀 있습니다. 호사다마인지 작년 보건진료소를 신축하면서 근처 할머니들이 보건진료소에 대한 간섭이 심합니다. 마음대로 안 된다고 시보건소를 찾아가기도 했구요… 제가 말씀드리고 싶은 건 저도 주민 여러분들께 잘해야겠지만 주민들도 저나 보건진료소에 대한 최소한의 예의는 지켜주셨으면 합니다. 저는 위현리에 일하러 온 공무원입니다. 제가 여기서 누구 며느리로, 누구 동생으로, 누구 딸로, 그렇게 살아갈 수는 없습니다. 이 마을 주민들 대부분 저보다 연장자들이십니다. 그래서인지 몇몇 분들은 저를 나이에 기준을 두고 상대하려 하는 것 같습니다. 그런 논리라면 저보다 서너 살 많은 남자 주민들은 저를 와이프처럼 대해도 된단 말인가요? 오해는 마세요. 이런 말씀을 드리는 건 제가 진료소장 자리가 뭐 대단한 거나 된다고 권위 같은 걸 찾으려는 건 아닙니다. 최소한 업무에 방해는 받지 않았으면 합니다…"

"아니 어떤 썩을 인간들이 그따위 짓을 한단 말입니까? 그런 인간들은 동네 이장, 반장들이 나서줘야지요. 우리 마을에 그런 인간들이 있었다가는 내가 진작에 버르장머리를 고쳤을 텐데……."

40대 중반의 3리 이장이 얼굴이 벌게지며 좌중을 둘러봤다. 1리 이장은 말이 없었고 최혜림도 새초롬한 표정으로 앉아 있었다. 그러나 그것도 잠시였다.

"아니 그런 사람들도 별 뜻이 있는 건 아니고 그냥 뭐 따지지 말고 좀 가까이 지내자 그런 걸 거야. 자기가 좀 이해하면 되잖아. 노인들을 상대로 정색을 하고 그러면 안 되지. 여기는 시골이라고. 시골……. 그런 말 해봐야 안 통한다니까. 우리 남편은 면사무소에 근무할 때 맨날 동네 사람들이랑 고스톱 쳐주고 같이 술 마시고 새벽에 들어왔어. 솔직히 월급도 제대로 안 갖다 주더라고. 그래서 내가 우울증까지 앓았지만 그래도 그렇게 열심히 하니까 우리 남편이 거기 떠날 때 주민들이 송별식 해주고 울고불고 난리였다고오. 그 동네도 보건진료소 있는데 거기 소장은 마을 사람들하고 친목계도 하고 관광도 같이 가고 아주 친하게 지낸다고 하던데? 자기도 그렇게 하면 되잖아."

최혜림의 일관된 자신감은 어떻게 할 수가 없었다. 반장까지 맡았고 게다가 남편은 이 마을 사람보다는 그래도 좀 나은 위치에 있는 공무원이란 뜻일 것이다. 그것은 마을 사람들에 대한 자신감이고 내게 대한 자신감은 따로 있다. 노인체조나 산행처럼 보건진료소에서 하는 일에 털끝만큼의 협조도 하지 않았고, 하다못해 준공식 때도 국밥 한 그릇 나르지 않았지만 언제든 주민의 자격으로 민원이라는 이름을 빌려 소장, 너 하나쯤이야 간단하게 처리할 수 있다는 뜻일 것이다.

바야흐로 전방위로 화살이 날아오고 있었다. 달이 차면 기우는 법이라 했다. 달이 차긴 찼는지 몰라도 아무튼 나는 그동안 잘 지내왔다. 대부분의 주민들이 날 편하게 생각했고 걸핏하면 관공서에 떼로 몰려가기 좋아하는 동네에서 근무하며 불미스런 일도 없었다. 그러나 신축 이후, 지난 1년, 공무원 생활 20여 년 만에 나는 박도옥으로부터 가장 큰 치욕을 당했고 그 얼룩은 계속 번져나가고 있었다. 아무도 말릴 사람이 없었고 도와줄 사람도 없었다. 아니, 묘하게 상황을 즐기면서 모두 서서히 나를 에워싸고 있었다.

"한 마디로 보건진료소를 다른 목적으로 쓰려는 인간들은 법으로라도 다스려야 돼요. 말이야 바른말이지 거기 건강증진실 좀 이용하려고 해도 우리 마을 할머이들은 너무 멀어서 엄두도 못 내고 진료소 가까이 사는 사람들을 부러워하는데 진료소 이웃 몇이 왜 그렇게 소장님을 못살게 해요? 아픈 허리도 치료하고 약도 타 먹으라고 시에서 진료소를 새로 지어줬으면 남의 눈을 봐서라도 잘 보듬고 지내야잖소? 한두 살 먹은 것도 아니고 자식 같은 소장님한테 나잇살이나 먹은 사람들이 뭐 하는 짓이냐 말이요? 아시다시피 근처에는 보건진료소가 없는 마을도 있어요. 이런 게 소문나면 그 사람들이 우리 마을을 뭐라고 하겠습니까? 다들 돌아가면 마을 사람들한테 단단히 일러 둬요. 소장님이 말씀 안 하셔도 그 동네 누구누군지 다 알아요. 그 사람들이 마을에 분란 일으킨 게 몇 번이요? 아무리 세상이 찔러 먹고 까발리고 악쓰는 인간들 거라지만 사람이 도리는 지켜야지 뭣들 하는 건지 나 원 참……."

2리 이장의 열변 뒤에 정적이 돌았다. 아무도 말을 잇지 않았다.

누군가 내년 초에 발표 날 엑스포 이야기로 화제를 돌렸다. 시 당국은 몇 년째 엑스포 유치에 힘을 쏟고 있었다. 마을 사람들의 목소리가 높아지며 활기를 띠었다. 수저 소리가 다시 났고 천천히 술잔이 돌며 웃음소리가 이어졌다. 엑스포 유치에 성공하면 얼마나 이 도시가 개발될 것이며 그렇게 되면 이 마을의 땅값이 얼마나 올라갈 수 있을까, 하는 것이 주 관심사였다. 갑자기 할 말이 많아진 사람들과 반대로 나는 할 말이 없었다. 나도 다른 동료들처럼 근무지에 땅 몇 뙈기를 사두고 그렇게라도 마을 사람들과 공감대를 만들어야 하지 않을까. 나는 부연

담배 연기 속에서 아우성을 치는 듯한 사람들을 무연히 바라보았다.

나는 먼저 일어나겠다고 말했다. 모두 엉거주춤 일어나며 인사를 나누는데 1반 반장은 그 자세로 손을 흔들며 특유의 능글거린 미소를 보냈다. 문을 닫고 나오는데 최혜림의 교태 어린 웃음이 나를 비웃듯 쏟아졌다.

"어째 그년들이 몇 년 조용하다 했더니 또 몸이 근질거리나 보네. 그년들은 중독이라고요. 몇 년에 한 번씩 경찰서다, 검찰이다 드나들어야 직성이 풀리는 것들이니까 신경 딱 끊어요. 지은 죄 없고 다 소장님 좋아하는데 지 년들이 뭘 어쩌겠어요? 마을 일 맡아 하는 남자들이 그냥 보고만 있지는 않을 테니 걱정 마요."

식당 여주인이 상기 된 채 문 앞까지 따라 나왔다.

11. 우정

매월 1일, 노인들은 노인회관에 모였다. 2월 1일 아침도 마찬가지였다. 노인회장이 평소 비워 두었던 마을회관의 보일러 온도를 높여 실내를 데우는 동안 노인들은 보건진료소로 모여들었다. 나는 차가운 뺨을 문지르며 들어오는 노인들에게 차 한 잔씩을 냈다. 저마다 넉넉하게 고맙다는 인사를 한 후, 저, 그런데 소장님! 하고 나를 불렀다. 나는 그때마다 노인들에게 다가가 눈을 맞추고 허리를 굽히며 네, 말씀하세요. 라고 말했다. 비슷비슷하게 살아온 인생처럼 서로 비슷비슷하게 호소해오는 증상들을 나는 차트에 기록했고 약을 조제했다.

　아주 가끔 내가 일하는 모습을 보게 되는 엄마는 그때마다 말했다. 니 직업 하나는 참 좋은 거 선택했다. 경쟁하는 것도 아니고 남 위에 올라서야 하는 것도 아니고 일 자체가 아주 좋은 거잖냐. 나는 엄마의 말뜻이 무엇인지 잘 알고 있었다. 노인들이 나를 의지하고 매월 1일처럼 내게로 한꺼번에 다가와 서로를 소박하게나마 충족시켜 줄 때 나는 엄마의 말을 떠올리게 됐고 또 보람이랄까, 그런 자족감을 갖기도 했다.

　"소장님! 계세요?"

　박도옥이 문을 밀고 들어왔다. 박도옥은 아무런 매듭도 없었던 사람처럼 활짝 웃고 약간의 응석기까지 보였다.

　"나 혈압 좀 재려고… 어제 쟀을 때 혈압이 너무 올랐잖아."

　"네. 이쪽으로 앉으세요."

　"아니, 차부터 마시면 안 될까?"

　건강증진실의 수런거림이 멈췄다. 노인들은 모든 소음을 죽이고 박도옥과 내가 있는 진료실에 귀를 기울이고 있었다.

　"그렇게 하세요."

　그즈음 김금송이 오지 않는 틈을 타 아침마다 오는 박도옥에게 나는 어떤 특별한 배려는 하지 않았다.

　"안녕들 하세요!"

박도옥은 차를 한 잔 뽑아들고 건강증진실에 사람이 있는 것을 이제 막 알았다는 듯한 표정으로 인사를 건넸다.

"… 아, 예."

누군가 마지못해 인사를 받았다.

"물리치료 하러 오셨나 봐요."

사람의 모습은 참으로 여러 가지 면을 가지고 있었다. 박도옥은 자신보다 나이도 그리 많지 않은 사람들을 향해 꼬박꼬박 존대를 하며 살갑게 말을 붙여 보려고 했다. 저 모습에서 나를 향해 '내가 누군지 알아?' 하며 삿대질을 했던 모습을 어떻게 상상할 수 있을까.

"… 아, 예."

안에서는 여전히 박도옥과 길게 말을 잇지 않았다. 마을 사람들은 박도옥을 나보다 더 잘 알았다. 박도옥도 눈치는 있어서 건강증진실 안으로 들어가 사람들과 섞이지는 못했다.

"소장! 나 혈압 좀 봐 줘."

박도옥이 이내 샐쭉해지며 혈압계 앞에 앉았다. 또 화살은 내게 돌아와 명령조였다. 170/100. 박도옥의 표정이 일그러졌다. 시내 병원으로 가야 할 혈압 수치였다. 박도옥은 온다간다 말도 없이 휭 하니 나갔다. 마을 사람들에게 받은 냉대에 대해 분노하고 그 분노는 나를 인질로 삼아 다시 언제쯤 폭발할 것이다.

"그러면 그렇지. 저년 저 변덕 좀 보라고! 소장한테 반말하는 꼬락서니 좀 보라니까. 얻다 대고 이래라 저래라야. 대가빠리에 구멍이 났나, 왜 천날 만날 모자는 뒤집어쓰고 지랄이야. 어이구 여시 같은 년! 저년 때문에 우리 동네가 아주 도매금으로 넘어가는 거 생각하면 당장 내쫓아야 하는데……."

화투판과 술판에서나 오갈 말이 이젠 아무렇지도 않게 보건진료소에서 오갔다. 나는 자꾸 불길해졌다. 김금송이 들어왔다. 박도옥과 마주치지 않은 게 신기할 만큼 간발의 차이였다. 아니, 밖에서 둘이 마주쳤는지도 모른다.

김금송은 분무기로 화초 잎을 적셔 준 다음 건강증진실로 들어갔다. 나도 인사만 주고받을 뿐 김금송과 별다른 이야기를 나누지 않았다. 박도옥과 김금송의 관계에 대해 마을 사람들은 냉소적이었다. 김금송이 저러다가 언제 박도옥 옆에 붙어 다니며 나를 곤경에 빠뜨릴지 모른다고 늘 내게 충고했다. 나 역시 그렇게 생각하고 있었지만 그런 일이 없기를 바랄 뿐이었다.

점심시간이 되자 노인들이 빠져나가고 김금송과 나만 남았다.

"지우 데리러 가셔야 되죠?"

나는 대답하지 않았다. 먼 곳에서 들려오는 낯선 소리 같았다. 방학 중이라 내가 오후에는 지우를 데리고 와야 지호가 영어학원에라도 갈 수 있었다.

"소장님 나갔다 오시면 나도 잠깐 영감 밥 좀 차려주고 올게요. 탕만 데우면 돼요."

김금송의 남자는 내가 김금송에게 주는 돈을 모두 압수했다. 압수한 돈에서 김금송에게 얼마를 다시 주어 시내 보신탕집에 가서 탕을 사 오게 했다. 그도 장달자처럼 규칙적으로 개고기를 먹는다고 김금송이 언젠가 내게 말했다.

그랬다. 내가 김금송을 내보내지 못하는 이유 중의 하나는 김금송의 남자를 의식하고 있기 때문이었다. 김금송이 일을 그만두고 나가는 그 순간, 김금송의 남자는 내게 보복을 할 것이 틀림없다. 그는 이미 김금송을 통하여 일하는 날짜 수를 늘려 급여를 올려주면 어떻겠냐는 의사를 전해오기도 했다. 나는 어떤 답도 보내지 않았다. 그 남자의 과잉된 관여가 불쾌하고 불안했다.

노인들이 뿌리고 간 살비듬과 흰 머리카락, 염색 머리카락, 파마 머리카락을 대강 치우고 나는 비틀비틀 집으로 갔다. 김금송은 현관 밖까지 따라 나와 차 문을 열어주었다.

그동안 보건진료소 2층에 지우를 데려다 놓고 김금송과 내가 번갈아 올라가 지우를 보살폈다. 그러나 박도옥과 장달자가 부쩍 나를 힘들게 하기 시작하면서 지우가 수업을 마치면 나는 지우를 시내 집에 데려다 놓았다. 장달자와 박도옥의 그 거친 입을 통해 내 아이마저 모욕당하는 일이 없기를 바랐기 때문이다. 디지털 키 잠금장치를 통해 안에서 밖으로 문을 열지 못하게 하고 다시 보건진료소로 돌아와 근무를 하는 나는 지우에게 비정한 엄마였다.

아파트 단지에 주차를 하면서 나는 직감적으로 어떤 사고가 발생했다는 것을 알았다. 나는 5, 6라인 앞에 주차를 하고 나를 향해 쏠려 있는 이웃들의 시선을 향해 다가갔다. 7층의 우리 집 베란다 창이 활짝 열려 있었고 그 아래 주차장에 주차되어 있는 외제차 앞 유리가 폭탄을 맞은 듯 금이 가 있었다.

"그런 애를 두시고 다니시려면 뭔 조치를 했어야지 이게 뭡니까?"

경비원이 나를 죄인 다루듯 했다. 우선, 사과를 해야 할 것 같았다. 그러나 그 순간, 장달자와 박도옥이 떠올랐다. 사람이 굽히는 맛도 있어야지. 나는 숨을 한 번 크게 내쉬었다.

"변상할게요. 차주가 누구죠? 모든 물질적, 정신적 비용까지 변상할 테니 불필요한 말은 서로 주고받지 말았으면 해요."

나와 아는 사이라고도, 모르는 사이라고도 할 수 없는 여자들이 웅성거렸다.

"우리 단지 사람은 아니고. 친척이 우리 단지에 사는데 여기 주차해놓고 해외여행 갔대요."

"알았어요. 오시면 제 연락처 주세요."

나는 허리를 쫙 펴고 엘리베이터를 향해 걸어 들어갔다. 지나가던 사람이 화분을 맞은 것도 아니었다. 나는 서서히 뻔뻔해지거나 무감각해져 갔다.

지우는 베란다에서 키우던 커다란 알로에 화분을 던졌다. 방충망을 고정시켜놓았는데 어떻게 열었는지 알 수 없었다. 방충망을 고정시키는데 사용했던 굵은 타원형의 철사가 어디론가 사라지고 없었다.

"엄마! 내가 컴퓨터 게임도 안 하고 계속 지켜봤어. 그런데 화장실에서 똥 누고 있는 사이에⋯⋯."

지호는 자기 잘못이라도 되는 것처럼 겁먹은 표정으로 앉아 있었다. 너무 놀라서 내게 전화도 못 한 것 같았다.

"아니, 괜찮아. 걱정할 것 없어. 엄마가 알아서 할게."

김치와 계란, 멸치, 김으로 상을 차렸다. 엄마, 같이 먹으면 안 돼? 지호는 처음에는 그렇게 말했다. 이제는 그냥, 식탁에 앉아 손을 흔들어 보이며 혼자 묵묵히 숟가락을 들어 올렸다. 나는 도시락에 밥을 챙기고 반찬을 넣어 지우와 집을 나왔다. 내가 집에서 아이들과 함께 밥을 먹고 위현리에 가면 점심시간을 10분쯤 넘겼다. 장달자와 박도옥은 내 출입시간을 체크하기도 했다. 그리고 그 결과를 내게 내밀며 약수터에서 가서 물을 받아오라거나 농협에 가서 비료를 실어오라는 심부름을 시켰다. 그 부탁을 들어주지 않으면 민원을 올리겠다는 뜻이었다.

1시 10분, 나는 김금송을 집으로 보내고 2층에서 지우에게 밥을 먹이고 있었다. 전화기 수신 창에 뜬 번호는 낯이 익었다.

"소장 나야. 오늘 오전에 내 혈압이 높았잖아. 아무래도 안 되겠어서 지금 다시 가서 혈압 좀 재려고 하는데……. 지금 그년 있어? 없어?"

나는 피곤한 눈을 잠시 감았다 떴다.

"무슨 말씀이세요?"

"김금송이 말이야. 내가 지금 가면 그년하고 마주치게 될까 봐 그런다고. 나 정말 그년 꼴도 보기 싫어. 그년만 보면 내 혈압이 올라가거든. 내가 지금 갈 거니까 그년 잠시 내 눈에 안 보이게 해줘."

박도옥은 스스로 요구한 규칙을 또 저버렸다. 2월 1일 오후는 분명 김금송이 일하는 시간이라고 말했다. 혈압을 잰다는 건 핑계일 뿐이다.

나는 그대로 멍하니 앉아 창밖을 바라보다 재빨리 베란다로 나가며 차마 지우야! 하고 이름을 부르지 못했다. 내가 이름을 불러 지우에게 자극을 준다면, 지우는 발을 헛디딜 수도 있었다. 지우는 내가 한눈을 파는 것을 귀신처럼 잘 알았다. 전화벨

소리가 울릴 때, 내가 유선 전화기를 향해 걸어가는 동안, 지우는 베란다로 나가 마치 서커스단의 어린 소녀처럼 2층 난간을 걷고 있었다. 나는 지우를 뒤쪽에서 살그머니, 그러나 온 힘을 다해 꽉 끌어안은 다음 베란다에 주저앉았다. 지우는 거실로 들어가 레고를 바닥에 던지기 시작했다.

진료실 책상의 앉은 자리에서 박도옥의 머리가 보였다. 아니, 박도옥의 검은 모자가 빠르게 지나갔다. 박도옥이 안으로 들어오는 것을 피할 수 있는 방법은 무엇일까. 나는 박도옥의 일그러진 배설을 받아내야 할 때마다, 그리고 그 대상이 번번이 '나' 라는 사실에 견디기 힘든 모멸을 느꼈다. 김옥화는 내가 김금송만 내보내면 박도옥이 잦아들 거라고 했지만 결국 그 말은 내 곁에 있는 사람마저, 박도옥이 마음대로 하겠다는 뜻이다.

"… 없어?"

나는 아무 대답도 하지 않았다. 박도옥은 자동혈압기 앞에 앉아 혈압을 쟀다. 그때, 슬리퍼 끄는 소리가 났다. 잠시 집에 갔던 김금송이 들어섰다.

"지우, 2층에 있지요?"

혈압을 재고 일어나던 박도옥과 김금송이 마주쳤다. 김금송이 잠깐 당황해하다 2층으로 올라갔다.

"소장! 몇 번을 말해야 알아들어? 내가 누군지 말했지? 나,

보건진료소 방문했을 때 불쾌하지 않게 대접받을 권리 있는 사람이야. 저런 인간이 여기 왔다 갔다 하면 내 혈압은 또 올라가. 그렇게 되면 누가 책임져야 하는 거야? 그 책임이 누구한테 있는 거냐! 앞으로 똑똑히 알아두고 두 번 다시 이런 일 없도록 처신 잘해! 그렇지 않으면 내가 시장, 아니, 보건복지부라도 찾아가서 소장 모가지 치라 할 거야! 내가 못할 줄 알아? 두고 보라구!"

박도옥의 입에서 허연 거품이 일었다. 틀니가 빠져나오지 않을까 염려될 정도로 박도옥은 악을 썼다. 김금송은 2층에서 꼼짝하지 않았다. 현관으로 가는 중문이 소리 나게 닫혔고 나는 스테이션 안에 선 채 몸을 떨었다.

"지랄하고 있네. 쌍놈의 여편네!"

김금송이 진료실로 내려와 창밖을 향해 삿대질을 하며 언성을 높였다. 나는 침을 삼켰다. 귀에서 이명이 들렸다. 그것은 차라리 블랙 코미디였다.

"소장님! 쓸데없는 악마들한테 신경 쓰지 말아요. 나, 2층으로 가볼게요. 지우 봐야지요. 레고나 가지고 노는 지우를 보니까 아까 눈물이 났어요. 소장님도 빨리 안정을 찾고 지우한테 신경 써야 할 텐데 그게 너무 마음이 아파요."

김금송이 울기 시작했다. 눈물이 늘 진실이 아니라는 것을 나는 이 마을에 와서 알게 되었다. 나는 눈물도, 종교도 믿지 않았다. 내가 믿는 건 '법' 뿐이었다. 법을 어기지 않고, 공무원으로서 품위 손상을 하지 않는다면, 그 누구도 나를 흔들 수 없을 것이라고 생각했다.

"… 나쁜 년! 지가 뭔데 소장한테 이래라, 저래라야? 지가 뭔데!"

언제나 기가 죽어 있던 김금송이 마침내 절제를 못했다. 나는 그런 김금송에 대해 더 화가 났다. 절제를 못할 바에야 왜 박도옥에게 직접 말하지 못하는 것일까. 나를 인질로 벌이는 이 활극에 내 인내심에도 한계가 왔다. 김금송도 공범자였다. 그들은 절대 그들끼리 직접 싸우지 않았다. 이장과 반장은, 장달자와 박도옥에게 꼼짝 못했고, 장달자와 박도옥은 서로를 이용했으며 또, 김금송은 장달자와 박도옥에게 고양이 앞에 쥐였다.

"마귀가, 사탄이, 악마가 이제 소장님 옆에서 물러간 줄 알았더니 아직도 버둥거리네요. 정말 하나님도 무심하시지."

혀끝을 움직여 그렇게 말하는 순간에도 그들 각자의 일그러진 욕망과 결핍이 나를 정조준하고 있다는 것을 나는 알고 있었다. 그들은 언제까지나 나를 인질로 힘겨루기를 멈추지 않을 작정이었다. 죽지도, 아프지도 않은 노인들, 이제 그들에게 남은 무서운 욕망만이 늘어진 살을 뚫고, 움푹한 눈을 뚫고, 틀니를 뚫고, 굽어지는 등을 뚫고 거침없이 솟구쳐 오르고 있었다.

"… 부탁 좀 드릴게요."

나는 마른침을 삼키며 김금송에게 말했다.

"그래요. 말씀허세요."

김금송이 얌전한 학생처럼 나를 바라보며 다음 말을 기다렸다.

"더 이상 이대로 지낼 수는 없어요."

김금송이 나를 똑바로 보며 소파에 앉았다.

"… 앞으로 장달자 할머님, 박도옥 할머님, 그리고 김금송 씨, 세 분이서 서로 어떻게 지내든 저와는 상관없어요. 다만, 여기에서, 제 앞에서, 저를 앞에 두고 서로에 대해 험한 말 쏟아내지 마세요. 이건 잘못돼도 한참 잘못된 거예요. 다시 말씀드리면 박도옥 할머니와 화해하든, 싸워 이기든 더 이상 오늘 같은 일이 일어나지 않게 해주세요. 제발요."

"그 말뜻은… 만약에 그게 안 되면 여기 일, 그만두라는 뜻인가?"

"알아서 하세요. 일을 하라, 마라, 제 입으로 말하지 않아요. 세 분 모두 제 부모님보다 연세 높으신 분들이에요. 이제 그만 좀 하셨으면 좋겠어요. 저를 조금이라도 생각해준다면, 더 이상 이런 식으로 저를 괴롭히지 말아 주세요."

김금송이 입술을 잘근거리며 궁리에 빠졌다.

"소장이 하고 싶은 말이 뭔지 알겠네."

김금송의 말투에 당장 비아냥이 깔렸다. 그 깍듯함과 예의는 다 어디로 갔을까. 누가 보면 오해받을 만큼 지나치게 자세를 낮춰 내 시중을 들던 사람이었다. 내가 외출이라도 하려고 하면 차 문까지 열어주고, 외출에서 돌아오면 무거운 짐이라도 있을까 봐 달려 나왔던 그 태도가 그동안 진심이라고 생각하지는 않았다. 그 지나침이 불안했고, 거슬렸고, 불편했다. 집착은 반드시 그만큼의 후유증을 낳는다고 해도 실체가 드러나는 시간은 참 빨랐다. 김금송의 눈빛은 적대감으로 가득 찼다.

"… 그래. 관둘게요. 관두는데 우리 남편한테는 내가 잘 말할 거야. 내가 눈이 어두워서, 너무 늙어서 더 이상 관공서 일을 할 수 없을 것 같다고 말할 테니 혹시 우리 남편이 찾아와서 행패라도 부리면, 내가 말리겠지만, 혹시라도, 우리 집 남자가 내 말 안 듣는 건 동네가 다 아는 얘기니까, 만약 여기 오면, 무조건, 소장님은 무조건 내가 실수를 너무 많이 해서 안 되겠다고 말해요. 내가 다 뒤집어쓸게. 그렇게 하면 되잖아. 그러면 되는 거지? 소장은 그동안 나 못 믿는다고 했지만 나 절대로 소장 곤란하게 안 해. 나, 하나님 믿는 사람이야. 이 동네 여자들하고 똑같이 취급하지 마. 내가 십자가 질 테니까 두고 봐."

과연 김금송의 전 남편은 김금송을 착취했지만 버팀목이기도 했다.

"앞으로 무슨 일이 일어난다 해도 소장과 내 우정은 변치 않을 거야."

김금송은 미국식 인사인지 뭔지 모를 생뚱맞은 인사를 하고 신발을 끌며 나갔다. 나는 2층 베란다에 나와 마을을 바라보았다. 령 아래 산 밑의 작은 마을, 그래도 10분만 나가면 작은 도시가 나오는데 이 마을의 무법천지는 대체 무엇 때문일까.

관광버스 한 대가 보건진료소 옆 공터에 섰다. 최혜림의 지프가 박도옥의 집에서 나와 보건진료소 앞을 지나 마을회관 마당에 멈췄다. 나는 베란다를 뛰어다니는 지우와 2층 테라스에 있었다. 최혜림이 차에서 내렸고 최숙자, 이장, 반장은 마을 위쪽에서 아래쪽으로 장로 부부는 아래쪽에서 위쪽으로 올라왔다, 그들은 골짜기 냇물처럼 관광버스 앞에 모였다. 최혜림이 반장과 무슨 말인가를 주고받으며 활짝 웃었다. 최숙자가 반장의 어깨를 치며 허리를 젖혀 웃었다. 장로 부부는 이장과 말을 주고받았다. 그들은 모두 붉은 상의로 점퍼든, 남방이든 붉은색을 입었다. 그것은 마치 어떤 연대를 뜻하는 것 같았다. 나는 이상하게 그 붉은색에, 아니, 그 공통됨에 주눅이 들었다. 나는 고개를 숙여 내 옷차림을 봤다. 흰 가운 안에 보라색 니트를 입었다. 이어 박도옥과 장달자가 나란히 골목을 나왔다. 지금까지 최혜림과 박도옥, 그리고 장달자가 함께 박도옥의 집에 있었다는 얘기였다.

최혜림이 처음 야채를 들고 다니며 진료소를 뻔질나게 드나들 때, 장달자가 말했다. 소장! 조심해. 이 동네 박도옥 같은 인간하고 똑같은 게 또 나타났어. 눈알 돌아가는 거 보니 보통이 아니더라고. 뭐 눈에는 뭐만 보인다더니 박도옥하고 형님, 아우하고 난리가 났어. 그런 년들 가까이해봐야 다 화근 덩어리들이야. 아예 틈을 주지 마.

박도옥과 장달자가 버스 앞에 서 있는 일행과 합류했다. 이장과 반장이 두 노인에게 인사를 했다. 어느 마을에서나 볼 수 있는 마을의 어른과 그보다 조금 아래인 관계였다. 그것은 생각보다 견고한 것이었다. 누구도 깰 수 없는, 그 무엇으로도 무너지지 않는 고유의 관계일 것이다. 2월 1일, 엑스포 개최 실사단이 오던 날, 빨갛게 무장한 마을 사람들을 태운 버스가 마을을 빠져나갔다. 그들은 지시를 따르며 시청 앞에서 태극기를 들고 한목소리로 환호성을 질렀을 것이다.

12. 폭력

오전 9시 30분, 남편은 건강증진실 안마의자에 앉아 눈을 감고 있었다. 감기 기운이 있어 하루 휴가를 내고 나와 함께 위현리로 왔다. 감기약을 먹고 몸이 괜찮아지면 가끔 그랬듯 보건진료소 정원수 가지치기도 하고 작동이 느려진 컴퓨터도 점검해 줄 계획이었다.

박도옥이 문을 열고 들어왔다.

"혈압 좀 재고, 오늘은 혈당도 좀 재야겠어."

박도옥의 혈압이 자동혈압기 모니터에 기록되자 나는 그것을 차트에 올렸다. 170/88이라는 숫자는 자동으로 붉게 처리되었다. 혈압을 재고 일어나던 박도옥이 소파에 앉았다.

"혈당은 여기서 잴게. 할 얘기도 있으니 이리루 가져와."

나는 혈당측정기와 스틱을 들고 박도옥과 마주 앉았다.

"어제도 말했지만 다시 한 번 얘기하는데 앞으로 김금송이 그 여자, 내가 여기 왔을 때 안 보이게 해. 나, 국가유공자라고 말했지? 우리 부부는 죽으면 그런 것들처럼 아무 데서나 썩을 몸이 아니야. 그것들은 죽어도 묻힐 곳도 없는 천한 것들이라구. 우리는 그런 것들하고 달라, 우리는 국립묘지에 갈 사람들이야. 소장, 알았지?"

나는 채혈침을 장착하여 박도옥의 검지를 잡아당겼다.

"앗 따거워."

스틱이 박도옥의 피를 빨아 당겨 숫자를 만들어내는 동안 나는 박도옥을 빤히 바라보았다. 남편이 있어서만은 아니었다. 미래에 대한 어떤 대책은 없었다. 오직, 한 가지, 나는 더 이상 그런 분위기에서 하루의 일과를 열 수 없다는 것이다. 내게도 그럴 권리는 있을 것이다. 틀니 밑에서 마모되고 있는 잇몸의 악취와 천박한 입놀림, 말을 할 때마다 시종일관 유지하는 삿대질……. 명분도, 한계도 없는 저 마귀의 횡포에 나는 결코 무릎을 꿇을 수 없었다. 나를 지켜줄 힘이 그 어딘가에 있을지 알 수 없지만 나는 곧 반격의 창을 들고 박도옥을 향해 달려갈 계획이었다. 내가 여기서 무릎을 꿇는다면, 시체에 파리들이 들끓듯 마을의 모든 벌레들이 나를 파먹기 위해 달려들 것이 분명했다.

"말씀 잘 들었습니다. 말씀하신 대로라면 보건진료소에 오셔서 이웃을 욕하거나 제게 대한 상스런 말투를 삼가 하시리라 믿어요. 앞으로도 저는 제 본분만 할 것이고 박도옥 씨도 이곳을 찾아오는 이용객으로서 서로 예의를 갖췄으면 해요."

박도옥의 눈꼬리가 올라가며 손가락 끝이 또 나를 향했다.

"뭐? 무슨 얘기야? 야, 너 지금 나한테 뭐라 그랬니?"

신호음이 나오며 혈당 수치가 표시되었다. 그녀의 혈당은 정상이었다. 박도옥과 내가 혈당기의 모니터 쪽을 동시에 일별했다. 사실, 박도옥은 혈압이 높긴 했지만 매일 보건진료소를 들락거리며 사사건건 시비를 걸어야 할 이유가 없었다. 박도옥의 집에는 피부 마사지기를 비롯해 전자혈압계까지 있었다. 장달자와 마찬가지로 좋다는 건강식품은 다단계 회사를 통해 늘 섭취하고 있었고, 아침저녁으로 마을을 산책하며 걷기 운동을 했고, 최혜림의 친환경 농산물로 식탁을 차리며 수시로 시내에 나가 한의원 진료를 받았다. 실제로 보건진료소 이용이 필요한 가난한 노인이나 나의 방문을 기다리는 사람들은 따로 있었다.

나는 그 현실을 잘 알면서도 마귀 같은 노인들의 비위를 맞추고 그들과 소모전을 벌이고 있다는 사실에 더는 참을 수 없는 분노를 느꼈다.

"무슨 얘기냐 하면요, 약속하셨죠? 여기 오실 때 김금송 씨 보기 싫다고 해서 시간 알려드렸는데 박도옥 씨가 어제 어겼어요. 김금송 씨는 여기서 일할 자격 있고 저는 김금송 씨를 선택할 자유가 있어요. 박도옥 씨가 사사건건 저를 간섭하는 건 업무방해예요. 여기는 모든 주민을 위한 공공기관이고 그 감독이나 관리하는 곳이 따로 있어요. 그러니까 박도옥 씨는 오늘부터라도 이용자로서의 자세만 가져 주세요. 그것이 모두를 위한 길이예요."

"허! 뭐가 어째고 어째? 그렇게 입이 닳도록 얘기했는데도 니가 사람을 못 알아보는구나. 너 죽고 싶니? 젊은 게 세상 무서운 줄 모르는구나."

삐걱거리는 안마의자 소리가 나며 남편이 일어났다.

"어르신!"

남편이 진료실로 나왔다.

"뭐야?"

박도옥이 당황해하면서도 적의가 담긴 눈빛을 빛냈다.

"제 집사람이 어르신이 어떤 분인지, 어떤 신분인지 미처 몰랐다면 제가 사죄를 드릴 테니 제 앞에서 어르신의 특별한 신분에 대해 말씀해보시지요? 당장이 어렵다면 기다리겠습니다. 어르신이 관공서에서 특별한 대우를 받아야 한다는 증명을 언제쯤 보여주실 수 있는지, 그 근거를 가져오세요."

남편은 언성을 높이지 않고 차분하게, 그러나 완전히 분노를 감추지는 못한 채 또박또박 서두름 없이 말했다.

"뭐가 어쩌고 어째? 아주 이 연놈들이 간땡이가 부었구나. 그래, 가져오마. 가져올 테니 꼼짝 말고 여기 있어라. 내 반드시 말단 공무원 주제에 시골 노인들을 우습게 보는 니깟 것들이 어떻게 되는지 몇 배로 갚아주마."

"네. 염려 말고 어서 가져오세요. 여기 다 촬영했으니까 더 이상 어르신이 말을 번복하시면 안 됩니다. 이 기회에 누가 잘못하고 있는지 확실히 밝히길 어르신도 원하시리라 생각합니다."

남편이 주머니에서 디지털카메라를 꺼냈다. 그리고 작동 버튼을 누르자 박도옥의 조금 전 상황이 그대로 재현되었다. 남편은 최근 지우의 발달과정을 사진과 동영상으로 남기며 카메라를 늘 넣고 다녔다. 박도옥이 사색이 되어 현관으로 나갔다.

"이것들이 아주 사람을 잡을라고 작정을 했구나! 어디 두고 보자!"

박도옥이 정원에 서서 삿대질을 하고 입을 빠르게 벌리며 악을 썼다. 닫힌 창문으로 나는 그 소리를 듣지 못하는 게 다행스러웠다. 박도옥은 집과 반대 방향으로 뛰다시피 갔다. 장달자나 김옥화를 찾아갔을 것이라고 짐작했다.

"불길한 무방비야. 당신이 갑자기 이 마을에 온 것도 아니고 5년 동안이나 서로 잘 지내온 사인데… 저 노인들 건물 짓기 전까지는 당신한테 이러지 않았잖아. 어떻게 이럴 수가 있는지 이해할 수가 없어. 저쪽도 마찬가지야. 산골에 여직원 하나 내보내 놓고 이럴 수는 없어!"

남편이 심각하게 말했다.

"그래. 잘 지냈어. 서로에게 선이 있었고 함부로 하지 않았지. 지우 키우는 거 안타깝게 생각해주고 그러던 사람들이야… 위화감이 생기나 봐. 보건진료소는 내 집이 아니라고 말해도 노인들은 그런 개념이 없어."

"엉뚱한 쪽으로 화살 겨누는 거, 그게 무서운 거지. 어쨌든 타깃은 지금 당신이지만 우리도 물러설 수는 없어. 지우 이제 막 학교에 적응했고 겨우 1학년이야. 어떻게 만든 교육 현장인데……."

특수교사도, 보조교사도 없던 학교였다. 지우가 입학하면서 그 모든 인력이 갖춰졌고 이제는 시내에서 전학을 오는 장애 학생이 있을 만큼 통합교육이 성공적으로 이루어지고 있었다.

그렇게 되기까지 남편과 나는 장애 자녀 부모로서 모든 노력을 기울였다.

스물세 살 때부터 보건진료소에 혼자 살았고 신혼살림도 보건진료소에서 시작했다. 남편은 산을 넘고, 고개를 넘어 2시간씩 출, 퇴근을 했다. 남편의 차가 빙판길에 전복되기도 했고 갑작스런 폭설에 차를 버려두고 반나절 동안 걸어서 출근하기도 했다. 나는 아이들이 자는 새벽에 일어나 잔무처리를 했고, 슬리퍼 끌며 동네 목욕탕 가거나 유모차 끌고 아파트 단지를 한가롭게 왔다 갔다 하는 도시의 여자들을 부러워하며 쉴 틈 없이 살았다. 거주 의무 때문에 직장을 그만두지 않는 한 그렇게 살아야 했다. 특별히 남보다 더 고생했다고 말할 수 없지만 이런 대우를 받아야 할 이유도 없었다. 그런데 이제 어느 정도 아이들을 키워놓고 더 적극적으로 일하고 있다고 자부하는 지금, 상급기관이나 마을 주민에게서 흐르는 광란의 이 이상한 공기 앞에 나는 그저 무방비인 채 휘청거릴 뿐이었다.

애써 담담하게 오전 근무를 하는 동안, 남편은 2층에 올라가 있다가 점심시간이 되자 내려왔다.

"어디 가서 만둣국이라도 한 그릇 먹자."

입맛은 없었지만 먹어둬야 할 것 같았다. 나는 점심시간 동안 잠시 비운다는 안내문을 출력했다. 중간 문이 열렸다. 문을 열고 들어선 사람은 사람이 아니라 곰이었다. 순간, 몸이 떨려왔다. 그 우람한 덩치의 얼굴은 일그러져 있었다.

"아, 부군 되시나?"

남자는 뜻밖이라는 제스츄어를 썼다.

"나, 요 아래 김금송이하고 사는 최봉만이올시다. 남편이나 다름없지만, 내가 남편이라고 소개하면 똑똑한 소장님께서 분명히 한마디 하실 것 같아……."

최봉만이 의도적으로 표정을 심하게 일그러뜨리며 분위기를 잡았다.

"… 니미 씨부럴 세상 참 더러워서… 그래서, 그냥 같이 사는 남자라고 해둡시다. 수십 년이나 살 맞대고 같이 산 부부지만. 뭐 옛 같은 세상 살다 보니 서류상 도장 찍을 일이 생깁디다. 그렇다고 해서 내가 내 여자한테 생긴 일에 대해 모른 척할 수도 없고, 어지간해야 말이지요. 이 동네 더러운 건 알고 있지만 이제는 정말 너무 한다 싶습니다. 나도 한때는 이런 보건진료소 정도는 변소 취급도 안 할 만큼 잘 살았는데 늙고 돈 없으니 막 밟아댑니다. 그래도 되는 건지 내 오늘 소장한테 할 말이 있어 왔으니 인사나 나눕시다."

최봉만은 남편을 향해 손을 내밀며 악수를 청했다. 남편의 머리는 최봉만의 목에 미칠까 말까 했다. 최봉만은 손을 빼며 남편을 향해 저열한 웃음을 의도적으로 날렸다. 당장이라도 멱살을 잡을 태세였다.

"좀 앉아도 되겠소?"

최봉만이 소파를 향해 갔다.

"저희가 점심을 아직 못 먹어서 잠깐 나갔다 오려던 참입니다."

나는 가능한 조심스럽게 말했다. 확실히 크고 힘이 센 사람은 무서웠다. 아무리 앙칼진 마귀 같은 박도옥도 내 눈앞에 있을 때 공포를 느끼지는 않았다. 그러나 폭력을 일삼고 입이 거칠기로 따를 자가 없는 최봉만은 무서웠다.

"아이고오! 그러세요? 이 마당에 점심 식사씩이나? 나는, 아니, 우리 부부는, 아니, 김금송이하고 나는 어제부터 밥 한술 못 넘겼어요. 역시 공무원은 다르시구만! 데리고 있던 노인네 실컷 부려먹다가 모가지 쳐놓고도 삼시 세끼 식사를 꼭꼭 하신다? 그래, 꼭 가야 됩니까? 지는 높으신 젊은 분들 식사하실 때를 기다렸다가 다시 올깝쇼?"

최봉만은 나와 남편을 번갈아 보며 으름장을 놓았다.

"그럼 무슨 일인지, 어서 앉으시죠."

나는 소파에 앉았다.

최봉만의 저열한 태도가 내게서 어떤 공포심을 없앴다. 그의 행동은 박도옥과 다를 바 없었다. 아니, 박도옥, 김금송, 장달자와 모두 똑같았다. 그들은 어떤 학원에서 똑같은 방법으로 수강 받은 것처럼 생떼와 으름장과 철면피의 모습으로 상대를 손아귀에 넣으려고 했다.

"아, 감사합니다."

최봉만이 눈을 다시 한 번 치뜨며 입에서 나오는 깍듯한 어투가 진심이 아님을 표현했다.

"우선 물 한 잔 주시겠소?"

나는 정수기 앞으로 가서 종이컵을 파란 밸브에 갖다 댔다. 물을 받는 동안, 모멸감에 몸이 떨려왔다. 간혹 김금송을 통해 감기약이나 근육통 약을 지어간 그는 주민등록상 일흔이었다.

"나, 말입니다. 누구라 하면 다 아는 정계인사와 사돈도 맺었었고, 참 화려하게 살았습니다……."

남편은 스테이션 안의 내 책상에 앉아 다시 디지털카메라로 최봉만이 눈치채지 않도록 동영상을 촬영했다.

"… 이 동네 사람들이나 김금송이나 소장보고 참하게 생겼다, 키도 알맞고, 균형이 딱 잡혔다 하는데 내 취향은 아니라 그랬어요……."

최봉만이 흘낏 남편과 나를 훔쳐봤다.

남편은 복잡한 시선으로 창밖의 먼 곳을 바라보고 있었다.

"… 여자? 이 동네 여자들, 빤쓰 벗고 달려들어도 거들떠보지 않을 만큼 즐겨봤고……."

남편이 의자에서 일어났다. 나는 남편에게 반응하지 말라는 눈짓을 했다.

그때, 누군가 문을 열고 들어왔다.

"어?"

마을 청년이 이상한 분위기를 느끼며 멈칫했다. 천식이 있는 어머니의 약을 지으러 가끔 오는 사람이었다. 그러고 보니 장달자와 사돈 간이었다. 몸이 약한 청년의 어머니는 건강증진실에 들어가려다가도 장달자가 있으면 서둘러 돌아갔다. 그럴 때마다 나는 건강증진실이 특정한 사람들의 아지트가 되지 않도록 해야겠다고 생각했다

"잘 오셨네. 어디서 본 듯한 청년인데 좀 물어봅시다. 이거 동네서 이런 일이 있어서 되겠습니까?"

최봉만이 청년을 향해 기세를 올렸다.

"아니 도대체 보건진료소가 마을에 왜 있습니까? 우리같이 돈 없고 늙은 노인들 돌봐주라고 정부에서 국민 세금으로 저 사람들 월급 주고 있는 거 아닙니까? 그런데 저 사람들, 태도 좀 보세요. 지가 잘나서 가운 입고 주민들 앞에 소장님 소리 들 으면서 사는 줄 알아요. 지가 또 의사라면 몰라. 잘났으면 뭐가 얼마나 잘났다고 꼴값을 떠냐고? 얻다 대고 사람을 부렸다가,

해고시켰다가 하냐고? 사람 하나 데리고 있을 소신도 없으면서 지가 뭔 소장이냐고! 왜 죄 없는 다른 노인 핑계 대며 불쌍한 영세민을 내쫓냐고? 이보슈! 어떻게 생각하슈?"

청년이 대답하지 않은 채 남편 뒤에 서 있는 나를 바라보았다. 나는 눈과 손짓으로 가지 말라고, 안쪽으로 들어오라고 했다. 청년은 주춤주춤 소파에 앉았다.

"소장은 내일로 모가지야. 내가 시장 찾아가서 다 말할 거야. 안 될 줄 알아? 공무원 철밥통이라 생각하고 함부로 구는 모양인데 어디 두고 보자고. 흥! 공무원 나부랭이들, 아주 우습더라고. 뭐? 내가 처음에는 영세민 대상자가 안 된다고 목에 잔뜩 힘주고 지랄들을 떨더니 두어 번 멱살 잡아 패대기치니까 다 해주두만. 그때도 계장인지 뭔지 하는 새끼가 복지계 직원 담당자랑 내가 실랑이를 하니까 나서더라고. 지금 소장 부군처럼 말이야. 그래서 두 번 훅을 날렸더니……"

최봉만은 무슨 무용담을 말하는 것처럼 흥에 겨웠다. 실제로 훅을 날리는 제스추어를 하고 목소리는 점점 커졌다.

"그만하시죠."

남편이 최봉만의 말을 자르며 단호하게 말했다. 최봉만이 기다렸다는 듯 눈을 부릅뜨며 스테이션 앞으로 다가섰다.

"… 뭐? 그으만 하시죠오? 니가 여편네 일에 왜 끼어들어?

사내새끼가 왜 여편네 일에 나서냐고? 니가 이 동네일을 뭘 안다고 말이야!"

최봉만이 스테이션을 향해 넘어 오르기를 시도하며 주먹을 휘둘렀다. 남편은 팔짱을 낀 채 스테이션 안에 버티고 서서 상체를 요리조리 피했다. 학창시절 운동을 오래 했다더니 몸이 날렵했다. 악한처럼 입가에는 제법 야릇한 미소까지 머금고 있었다. 그러나 미소 끝에 매달린 분노와 증오를 나는 보았다. 되돌릴 수 없는 상황 앞에서도 나는 도무지 실감이 나지 않았다. 이 무슨 해프닝이란 말인가.

어느 순간, 스테이션에 반쯤 기어오른 최봉만이 남편의 얼굴을 향해 손을 뻗었다. 청년이 최봉만을 소파 쪽으로 떼어 밀었지만 이미 남편의 뺨에 손톱자국이 남으며 피가 맺혔다.

소파에 벌렁 나자빠졌던 최봉만이 바지춤을 내리며 화장실로 가자 청년이 작은 소리로 말했다.

"에이, 아저씨가 확실하게 한 대 맞아 줬어야 하는데… 그래서 콱 잡아넣었어야 하는데……"

남편이 고개를 가로저었다.

"저 사람, 제가 여기 있다는 거 알고 일부러 왔어요. 어떻게든 나를 자극해서 나한테 한 대 맞고 병원 가서 드러누우려는 심산이죠. 그래서 손댈 의사가 없다는 뜻으로 팔짱만 끼고 있었어요."

"아, 그렇군요. 저, 시보건소에 항의 전화 좀 해야겠어요."

청년이 고개를 주억거리며 나갔다. 최봉만은 다시 소파에 앉
았다.

"그 여자들을 불러 줘. 우리 금송이 모가지 뗀 여자들만 불
러주면 된다고……"

나는 당신들 일은 당신들끼리 해결하라고 했지만, 최봉만은
요지부동이었다. 엎어지면 코 닿는 곳에 살고 전화번호도 다 알
면서 장달자와 박도옥을 직접 찾아가지 않는 최봉만의 생떼가
속이 훤히 들여다보였다.

동영상 촬영 때문에 겁을 먹었는지 박도옥이 보건진료소로
오는 것을 거부했다. 나는 장달자를 불러 최봉만과 함께 박도
옥의 집으로 갔다. 최봉만이 끝까지 나의 동행을 요구했다. 박
도옥의 방해로 김금송이 보건진료소에서 일을 못하게 됐으니
내가 보는 앞에서 박도옥과 장달자의 보건진료소에 대한 간섭
을 두 번 다시 못하도록 하겠다는 것이다.

세 사람은 잠시 언쟁했다.

"이거 말이야. 당신들 나이 먹으며 이렇게 해도 되겠어? 우리
금송이가 그래도 당신들보다 한두 살 더 먹었는데 너무 하는
거 아니야?"

"먼저 우리 남편 명예를 더럽혔잖아요!"

박도옥이 앙칼지게 대꾸했다.

"명예? 무슨 명예? 무슨 명예를 더럽혔는지 어디 한 번 직접 말해보슈! 하아! 알갔수다! 그거? 뭐 며느리 방에 드나들었다 뭐 어쨌다 하는 거? 야! 이 양반아! 말은 바로 하슈! 그 소문 우리 금송이가 퍼트렸수? 그런 소문이 난 건 우리가 이 동네에 이사 오기 전이라고. 우리도 동네 사람들한테 들었다 이 말이지. 그런데 우리를 물고 늘어져? 그리고 그게 사실이 아니라면 당신하고 당신 영감이 우리 금송이를 명예훼손으로 고소하면 될 일이지 왜 밥줄에 대해서 이러고저러고 하고 무, 호박 도둑으로 모냐 이 말이야. 어?"

최봉만이 한눈에 삼킬 듯 눈을 부릅뜨며 목소리를 높이자 박도옥이 새삼 파랗게 질렸다. 그러나 곧 고개를 쳐들었다.

"아니, 누가 그런 벼락 맞을 소리를? 우리가 왜 형님 일에 이러고저러고 하겠어요? 죽을 날이 얼마 남지도 않은 우리가 그렇게 할 일이 없어 보여요?"

"소장 말이 당신 두 사람 때문에 김금송이를 더 이상 데리고 있을 수 없다 하잖아. 젊은 소장이 거짓말 할 리는 없고 두 사람 그러시면 안 되는 거 아니야?"

최봉만이 삿대질을 하며, 그러나 어쩐 일인지 장달자와 박도옥의 얼굴을 바로 보지 못한 채 허공에 대고, 분명 어떤 제스츄어에 지나지 않는 태도를 보였다. 그 얼굴에는 몇 달 동안 나를 가운데 두고 극렬하게 대치하던 분노도, 긴장감도 없었다.

"아이구 내 기가 막혀서! 형님을 내보내려면 그냥 내보내지 우리는 왜 끌고 들어가냐고? 소장 그렇게 안 봤는데 아주 못 됐구만!"

박도옥이 펄쩍 뛰었다.

"도옥이! 자네 언제든 함부로 입 놀리지 마……."

박도옥이 혀를 쏙 내밀었고 장달자는 마치 이런 일에 낄 이유도 없고, 이런 자리에 앉을 짓도 하지 않았다는 듯한 아주 점잖은 표정으로, 천천히 입을 열었다.

"… 소장도 마찬가지야. 그러면 안 되지. 제3자가 아무리 뭐라 해도 금송이 형님이랑 소장 두 사람이 마음만 맞으면 되는 거야. 거기에 더 이상 무슨 이유가 있어? 소장이 나이는 어려도 여간내기가 아니라는 거 다 아는데 우리 늙은이들 핑계 댄다는 건 말도 안 되는 소리지."

최봉만이 그 기세를 업고 나를 겨냥했다.

"제 생각도 그런데 그게 아니라 하니까 이렇게 만나자 한 것이지요."

믿을 수 없는 일이었다. 박도옥은 김금송을 지칭할 때마다 깍듯이 형님이라 말했고 최봉만과 장달자는 서로의 무릎까지 쳐가며 그동안 자기들끼리 있었던 이런저런 일들을 경쟁적으로 꺼내며 서운했다는 말을 주고받았다. 최봉만이 확인사살을 하듯 내게 비열한 눈빛을 보냈다.

"이렇게 이치가 딱 맞는 일을 가지고 젊은 사람이 우리 늙은 이들을 쥐고 흔드니 내가 욱하는 마음에 오늘 소장 부군을 한 대 쳤습니다. 세상 그렇게 당신들 맘대로 되는 거 아니라고 내가 인생 공부 좀 가르치려고 말입니다."

박도옥과 장달자가 잠시 놀라는 표정을 지었다. 먼저 목소리를 가다듬은 건 장달자였다.

"치기는 왜 치나. 말로 하지."

"왜 치긴. 여편네 일에 잘못 나서니 그런 거지. 우리 영감은 절대 여자 일에는 안 나서. 큰일에나 나서지 절대 내 일은 아무 것도 모른다고!"

박도옥이 특별히 한 곳에 시선을 두지 않고 허공을 향해 웅변을 하듯 말했다. 그런 박도옥을 최봉만이 빤히 바라보았다. 그러나 여편네 일에, 아니 함께 사는 여자의 일에 나서서 폭력까지 쓰는 것도 모자라 그렇게 둘러앉은 자리까지 마련해달라고 내게 떼를 썼던 최봉만은 박도옥에게 어떤 시비를 걸지는 않았다.

나는 일어났다. 그들은 어느 순간, 서로의 눈빛만으로도 공유의 정점을 알아채는 프로들이었다. 나는 비로소 또다시 그들에게 걸려들었다는 것을 깨달았다. 그리고 새삼 확인했다. 나는 처음부터 그들 사이의 인질이었다는 것을……

　내가 마당을 완전히 나오기 전에 이미 세 사람의 웃음소리가 밖으로 새어 나왔다.

13. 무리가 없는 자

인터넷 전자문서 행정망에는 〈긴급〉이라는 표시 다음에 10
개 보건진료소장의 회의 소집을 알리는 문구가 떴다. 나는 오
후 5시에 마을 회의를 소집해놓고 있었다. 이장도 동의했다. 폭
력 사건으로까지 번진 만큼 마을 운영협의회 차원에서라도 정
식으로 논의하고 그 대책을 마련할 필요가 있었다. 뒤늦게 소식
을 접했던 이장은 사건이 발생한 금요일 이후 하루에도 몇 번씩
최봉만, 박도옥, 장달자가 서로의 집을 드나들더라고 했다. 내
책상 위에는 주말에 만든 회의서류가 놓여 있었다. 동료에게서

전화가 왔다. 위현리 주민들이 떼로 시보건소로 몰려왔기 때문에 긴급회의를 소집하는 것이라고 했다. 동료는 시보건소장이 이 사안을 심각하게 받아들인다는 말을 덧붙였다.

이상한 일이었다. 보건소장이 심각하게 여기는 사안이고, 벌써 동료들까지 알고 있는 이 건에 대해 시보건소에서는 당사자인 내게 왜 어떤 사인도 보내지 않는 것일까.

나는 이장에게 전화를 했다. 이장은 면사무소에서 다른 일로 회의를 끝내고 위현리로 오는 중이라고 말했다. 나는 진료실을 서성거렸다. 결국, 보건소장은 전체회의를 소집할지언정 나를 상대로 사실조사를 하지는 않겠다는 뜻인 것이다.

차 소리가 나더니 이장이 들어왔다.

"나, 원 참… 미친 사람들 때문에 진짜 골치 아프네요. 어째 셋이 왔다 갔다 몰려다니는 게 수상쩍더니… 몇이 갔대요?"

"이장님이 보셨던 그 세 사람이 다일 거예요."

"서울집 양반은 왜 나서서 그런대요?"

최봉만을 그렇게 부르는 이장의 얼굴이 상기되어 있었다.

"… 다 아시잖아요. 이제 어떻게 하면 좋을까요?"

나는 한숨을 가늘게 쉬었다.

"제가 보건소장 만나지요."

뜻밖이었다.

"그러실 수 있겠어요?"

"회의서류 다 됐으면 한 부 주세요."

이장은 서류봉투를 들고 보건진료소를 나섰다.

"너무 염려 마세요. 제가 잘 말씀드리면 잘 될 겁니다."

이장은 다시 성실한 준공식 때의 모습으로 돌아와 있었다. 나는 그동안 잠시나마 서운했던 그에 대한 감정을 미안하게 생각했다.

그들이 서둘러 보건소장을 찾아간 이유를 짐작하는 건 어렵지 않았다. 목적을 완전히 이루지 못한 채 풀어준 '인질'의 처리에 대해 3인조는 충분히 모의했을 것이고, 그 결과는 그렇게 결론 났을 것이다.

매일 건강증진실을 이용하는 최숙자가 들어왔다.

"… 말해야 하나, 말아야 하나……"

그녀가 바로 건강증진실로 들어가지 않고 진료실 소파에 앉을 때는 내게 뭔가 할 얘기가 있다는 뜻이었다.

"우리 목사님이 아시면 혼나는데… 그 양반은 이런 일에 나서서 말 옮기는 거 절대 못 하게 하시는데… 그래도 소장님 생각해서… 오늘 아침에 박도옥 할머이가 그 집 할아버지 승합차 타고 보건소장 만나러 가는 거 봤어요. 할아버지까지 네 명이었어요. 내가 아침에 운동가다가 마주쳤는데 박도옥 할머이가 이번에는 꼭 무슨 일이 있어도 소장님을 쫓아내고 말 거라고, 두고 보라고 하던데요."

나는 그저 최숙자의 상기된 얼굴을 물끄러미 바라보았다.

"… 이건 진짜 비밀인데요. 어젯밤에 최혜림이 전화했더라고요. 최혜림은 다 알고 있어요. 어떻게 하면 소장님을 쫓아낼 수 있는지, 박도옥 할머이가 최혜림 집에 가서 다 코치를 받았어요. 최혜림 남편이 시청 운전기사잖아요. 소장님이 동네에 문제를 일으켜서 주민들이 쫓아내려고 한다고 공무원들한테 소문도 내는 눈치더라고요. 벌써 보건진료소 회의하면 회의서류를 최혜림이 김도옥 할머니한테 한 부씩 갖다 줬고 회의하면서 어디서 밥을 먹었는지, 누가 무슨 말을 했는지 다 전했어요. 최혜림이 언제 그러던데요. 자기가 보건진료소 협의회장 했으면 이런 일이 없었을 거라고. 협의회장 하면 수당도 준다면서요?"

나는 말없이 창밖의 나무들을 바라보았다. 나무처럼 그 자리에서 혼자 사는 것을 용납하지 않는 세상, 무리를 짓지 않으면 떼로 몰려들어 밟는 것이 인간 세상이었다.

"… 내가 최혜림이 하우스에서 야채 작업 도와준 적 있는데 박도옥 할머이가 왔더라고요. 그때 최혜림이 박도옥 할머이한테 얘기하는 거 들었는데 소장 정말 꼴값 떤다고. 그렇게 뻣뻣하게 나와서 뭐 좋은 게 있다고 언니라 부르라고 할 때 부르지,

그러면서 소장님 내쫓고 다른 소장이 오면 박도옥 할머이가 최혜림을 협의회장 시켜준대요. 이건 꼭 저 혼자만 알고 있으라 했는데… 박도옥 할머이가 시보건소장한테 새로 올 위현리 소장으로는 오십 대를 원할 거래요. 그 밑으로는 절대 안 된다고 했대요. 왜 그런지 알지요?"

박도옥의 목표는 바로 그것이다. 박도옥의 손아귀에 들어온 최혜림이나 김분옥 또래의 진료소장을 데려다 놓고 형님 아우 하며 승용차도 얻어 타고 시내도 자주 나가고 그렇게 파벌을 만들고 싶은 것이다.

"알았어요. 이장님이 시보건소로 가셨으니 지켜보지요."

이제 잡다한 광주리를 뒤집어엎어 봐야 했다. 무엇이 나오고 무엇이 남는지 시작할 때였다.

"우리 목사님은 절대 이런 일에 입조심하고, 누구 편도 들어서는 안 된대요. 그런데 지금이라도 소장님이 교회 나오면 목사님이 구해 주실 수 있어요. 교회 나오면 아무도 못 건드려요. 나도 그랬거든요."

최숙자가 물을 한 잔 마신 다음 건강증진실로 들어갔다.

실패한 자들의 일그러진 초상, 없는 자들의 꼬인 심성, 마을은 어느 날부터 그런 부류들로 일렁였다. 목사는 어떤 테두리에 싸여 자신만의 왕국 건설을 꿈꾸며 상황을 주시하는 것 같다.

박도옥과 나와의 악화된 관계를 이용하여 장달자가 나를 자기 앞에 굴복시키려 했듯 목사도 그쯤에서, 내가 무릎을 꿇고 교회 안으로 들어오기를 바라는 것일까.

오후 5시, 보건진료소 운영위원인 반장과 이장들이 왔다. 보건소장이 소집했던 보건진료소장들의 회의는 취소되었다. 보건소장이 나와 어떤 식의 접촉도 하지 않고 회의를 소집했다가 또 일방적으로 취소한 이유는 무엇일까. 그는 처음부터 회의할 뜻은 없었고 그저 동료들에게 위현리 문제를 알리기 위한 쇼를 한 것은 아닐까. 협의회장이 찾아가 해명을 했기 때문이라고 생각할 수도 있겠지만 그렇게 생각하기에는 미심쩍은 구석이 있었다. 오전에 회의서류를 들고 시보건소를 다녀온 이장은 그 결과에 대해 그 시간까지 내게 아무 전갈도 하지 않았다. 그의 지프는 보건진료소 앞을 두 차례나 지나갔다. 나는 그가 나를 피한다는 생각이 들었다.

회의는 보건진료소 2층에서 하기로 했다. 운영위원 중 최혜림은 보이지 않았다. 이장이 일전의 최봉만의 폭력 사건과 시보건소로 몰려간 3인조 건에 대해 말했다. 그러나 이장은 자꾸내 시선을 피하며 정확하게 사건 전개 과정에 대해 말하지 않았다. 그저 진료소장과 일부 할머니들과 사이가 좋지 않고, 그것 때문에 불미스런 일이 생겼으며 끝내는 오늘 아침 그들이 시보건소로 몰려갔다는 것이 이야기의 요지였다. 나는 원인을 알아야 대책을 강구할 것이라는 생각에 나눠 준 회의서류를 읽어가며 자세히 보고를 하고자 했다. 내가 최봉만에 대해 언급하자 이장은 말까지 더듬으며 서둘러 말을 잘랐다.

"소, 소장님! 다, 다음 페이지로 넘어가죠."

이장의 손과 입술이 떨렸고 얼굴이 붉게 달아올랐다.

"그 씨팔 것들을 왜 어떻게 못하고 동네 챙피를 떨게 놔둡니까?"

운영위원 한 사람이 심하게 화를 냈다. 이장은 고개를 숙이고 입술을 앙다물고 있었다. 나는 그의 그런 태도가 의아했다. 그는 내 진술을 저지하고 마치 자기 어머니나 아버지가 한 짓이라도 되는 양 객관적으로 회의를 주도하지 못했다. 오전에 시보건소로 갈 때의 태도와는 너무 다르게 변했다.

"아, 이 동네 이장님이 그 노인네들한테 얘기 좀 하란 말입니다. CCTV라도 설치해서 확 잡아넣던가 말입니다. 어디 진료소장이 일을 할 수 있겠냐 말입니다. 이 피해는 다 우리 주민들이 보는 거라고요!"

3리 이장이 좌중을 둘러보며 분노를 표출했다.

"아, CCTV! 그거 좋겠네요. 그거 설치해서 무조건 업무방해로 잡아 넙시다."

이장의 얼굴이 일그러졌다.

"은행도 아닌데 그런 거 설치했다고 또 따지고 들면 어떡하고요?"

이장은 분명 겁에 질려 있었다. 몇몇 사람이 이장을 바라보며 한숨을 내쉬었다.

"그러면 형님이 그 할머니들 찾아가서 설득 좀 해봐요."

보건진료소가 있는 1리 1반 반장이 가장 먼저 몸을 뺐다. 이장이 일부 노인들과 내 문제로 취급하려 하듯 반장은 이장이 나서야 할 일로 재빨리 미루어 그 노인들과 부딪히는 걸 피하려 했다. 늘 느물대며 도무지 심각한 것이 없는 평소와 달리 그는 초조한 빛을 감추지 못하며 이장을 집어삼킬 듯 힘주어 바라보았다. 이장이 잠깐 반장을 쳐다보았다.

"박도옥 할머이는 자네 반원 아니던가?"

이장의 눈꼬리가 많이 올라갔다.

"예. 제 반원 맞습니다. 이장님도 우리 반이고요. 제 말은 형님이 우리 보건진료소 협의회장 아닙니까?"

반장과 이장은 교회를 사이에 두고 가까이 살았다.

"협의회장, 협의회장 하지 마. 그깟 거 한다고 돈이 한 뭉텡이 나와 뭐가 나와?"

모두 날카로워져 갔다.

"말은 바로 해야지요. 일 년에 백만 원 정도 시에서 준다면서요? 다른 동네 이장은 그 돈으로 운영위원한테 밥도 산다는데 형님은 여태까지 비밀로 했잖습니까? 우리 운영위원들 다른 동네서 진작에 들어 알고 있었지만 참았다고요. 일이 이 지경까지 됐으니 하는 말인데 형님이 협의회장 노릇을 일 년에 백만 원어치 했는지 잘 생각해보라고요!"

반장도 작정한 게 있었던 모양이었다.

"에이 씨팔! 더러워서! 그 쌍놈의 인간들 이 마을에 들어왔을 때부터 사람 골탕 먹이더니……."

뺨이 상기된 최혜림이 2층 계단을 올라왔다. 문과 정면으로 앉아 있던 나는 최혜림과 잠깐 마주 봤다. 곧 최혜림은 내 시선을 피했다.

"어휴! 난리 났어요. 일이 얼마나 커진지 알아요? 그 사람들이 시청에도 들어갔다 왔고… 저기 이장님! 시에서 면으로 전화해서 면장님도 알고 계시죠?"

최혜림은 이장 옆을 파고 앉았다.

"예. 면장님 전화 받았어요."

이장은 기다렸다는 듯 최혜림의 말에 시원스런 답변을 했다.

"그래서 뭐라 그랬어요?"

운영 위원 중 한 명이 다그쳤다.

"그냥 여자들 일이라고 했지요. 뭐"

그 순간 내 안의 뭔가가 확 꺾여 드는 느낌이었다. '여자들 일'이라……

이장은 펄펄 끓는 가마솥에 나를 도매금으로 집어넣고 달아날 기회를 찾고 있었다.

"여자들 일은 무슨 여자들 일이야? 노망 걸린 할망구들 일이라고 하지."

"그래. 할망구들이 노망나서 그런다 그래."

위원들의 그 말에 쨍그랑, 접시 깨지는 듯한 소리가 들렸다.

"아니, 그렇게 말하면 안 되지. 그 사람들이 할 일이 없어서 시보건소로, 시청으로 왔다 갔다 했겠어요? 이장님! 회의를 열어 그 사람들 얘기도 들어줘야지. 한쪽 얘기만 듣고 이러면 안 되는 거 아니에요?"

나는 이미 절망하고 있는데 최혜림은 내게 좀 더 강력한 펀치를 날리고 싶은 모양이었다.

회의는 이어졌고 결의된 사항은 두 가지였다. 증거 확보를 위해 CCTV를 설치할 것, 재발 시에는 운영협의회에서 그들의 집으로 방문하여 주의를 줄 것.

"저 한 말씀만 드리고 회의를 마치겠습니다."

모두가 이장을 쳐다봤다. 최혜림 덕분에 궁지에서 빠져나온 이장은 한결 여유를 찾은 모습이었다.

"제가 아침에 보건소장을 찾아가 할 얘기는 다 했습니다. 회의 서류를 전달하고 진료소장은 잘못이 없으며 민원인들은 마을에서도 여러 차례 물의를 일으킨 사람들이라는 말도 했고요."

"그렇게 말씀하셨어요? 그랬더니 보건소장은 뭐래요?"

최혜림이 날카롭게 물었다.

"제가 말씀드리고 싶은 건 진료소장님도 자중하라는 겁니다. 왜 옛말에 그런 말 있잖습니까? 손뼉도 마주쳐야 소리가 난다고……."

"그래 맞아! 그렇잖아요. 소장도 말조심해야 해요. 그 노인네들하고 맞장구치고 그러면 안 되지. 공무원은 처신을 잘해야 한다고!"

최혜림의 얼굴에 안도감이 돌았다. 나는 최혜림의 어떤 말에도 이의를 달지 않았다. 내가 가볍게 처신하는 그 순간, 최혜림은 내 꼬리를 밟고 준비된 공격을 시작할 것이다. 무슨 일이든 일어날 것을 확신하고 있는 듯한 표정으로 봐서 그녀는 모든 준비를 마쳤다. 회의가 끝나자 최혜림은 회의서류 한 부를 접어 겉옷 주머니에 넣고 일어났다.

마을은 다시 웅성거렸다.

신임 시보건소 행정계장이 여직원들을 데리고 박도옥과 장달자,

그리고 김금송의 집을 차례로 방문하고 돌아갔다. 무슨 이야기를 나눴는지, 그들의 뜻을 '민원'으로 간주하여 사실조사 차원에서 나온 건지, 그렇다면, 나의 진술은 왜 받지 않는지 알 수 없는 일이었다.

14. 황사

변죽만 울리던 1반 반장이 푸른색 등산복 차림으로 최숙자
와 농담을 주고받으며 함께 왔다. 협조를 약속했던 다른 리의
몇몇 반장들의 얼굴도 반가웠다. 나는 하루빨리 반장이나 이
장들이 더 참여하여 누군가 리더의 역할을 하기를 바랐다. 그
러나 협의회장인 이장은 산행에 대해서 어떤 언급도 하지 않
았다. 아니, 그는 무관심으로 못마땅함을 표현하고 있었다. 건
강증진실에 모여든 마을 사람들의 수다 속에 이장의 취향에 대
해 듣긴 했다. 밤무대를 즐기고 음주운전으로 면허가 취소되어

현재 지프도 무면허로 몰고 있다고 했다. 얌전해 보이고 왜소한 외모의 이장이 유흥이나 고스톱으로 여가를 보내 부인과 가끔 그 문제로 다툰다는 소문은 내게 뜻밖이었다. 노인이나 여자들만 산행에 참여하기보다는 마을의 리더들이 동참하면 활성화에 도움이 될 것 같은데 아쉽긴 했다.

"좀 멀리 갑시다. 큰맘 먹고 나선 건데……."

반장이 유들거리며 생색을 냈다.

"그래요. 소장님. 지난번에는 가까운 데 갔으니까 이번에는 멀리 가요. 바람이 불어서인지 노인들도 안 오셨네."

장로 부부와 최숙자, 반장 외에도 스무 명 남짓한 사람이 모였다.

참여율을 높이기 위해 자체예산으로 등산용 스틱 스무 개와 눈길 오를 때를 대비해 아이젠 스무 켤레를 준비했다. 무슨 일에든 다 참견하고 참여하고 싶어 하는 노인들의 마음을 읽었기 때문이었다. 육십 초반의 사람들이 어린아이 첫걸음 떼놓듯 아이젠을 신고 환하게 웃으며 행렬을 이었다. 마을의 장년들은 그런 노인들을 부축했고 리드했다. 나는 언제나 맨 뒤에 서서 행렬을 따르며 사람들이 참여하기 꺼리는 노인체조사업을 과감히 접고 산행으로 방향을 튼 것에 대해 다행스럽게 생각했다. 업무 보조원이 없어 세 시간 정도 보건진료소를 비울 수밖에 없지만 고스톱이나 치며 이웃 간의 흥을 보며 소일하던 농한기를 산행으로 대체하여 마을 분위기를 활기차게 바꾼다면, 어떠한 상황에서도 중단하지 말아야 했다. 나는 모든 것이 바른쪽으로 정착하기를 바랄 뿐이었다.

"같이 가. 같이 가자구우!"

누구에게랄 것도 없이 소리를 치며 달려오는 여자는, 목사 부인 방명희였다. 일행이 뒤돌아보며 엉거주춤 그녀를 아는 척하지만 그리 반가워하는 기색은 아니었다.

"아휴, 정말 그러기야? 나만 빼놓고 그렇게 자기들끼리 갈 거냐고?"

방명희가 내 어깨를 치며 말했다. 수요일 오후 2시는 공고할 필요도 없이 이미 여러 달째 산행을 해오고 있었다. 특별한 이유 없이 내가 따로 전화를 하지는 않았다.

"저분들께도 따로 연락은 안 했어요. 교인들이 늘 사모님을 모시고 왔잖아요."

노인체조에는 철저히 비협조적이었던 인근의 교인들도 산행에 적극 따라나섰다. 나는 그들에게 산행에 동행해 줄 것을 부탁하지는 않았다. 특히 상황 변화에 따른 방명희의 처세술에 나는 더 이상 상처받고 싶지 않았다. 방명희에게 상처받은 건 나뿐만은 아니었다. 마을 사람들도 간혹 나를 찾아와 방명희에게 입은 상처를 꺼내 보이기도 했다. 마을에 함께 살며 교인들에게 어떤 피해를 봐서 목사 부부를 찾아가면 늘 애기는 제대로 들어주지도 않고 교회에 나오라는 말만 한다는 것이다. 혹 교인들에게 어떤 잘못이 있었다 해도, 당신이 그것을 감싸지 않고 지적하는 것 자체가 마음속에 하나님을 모시지 않은 탓이니 신앙을 가지고 더 넓은 마음으로 살라는 충고로 결론을 낸다는 것이다. 노인체조의 무산으로 교인들에 대한 내 심기가 편치 않다는 것을 아는 최숙자가 내 눈치를 보며 슬금슬금 이화실과 김분옥을 데리고 나오더니 방명희도 그 분위기를 이용해 나온 것 같았다. 나는 그 모든 현상을 자연스럽게 인정하고 의욕적으로 산행 팀을 이끌기로 했다.

2월의 눈은 계절을 민감하게 받아들였다. 질척이며 눈 밟는 소리가 요란했다. 숨을 헐떡이며 정상에 오르자 사람들은 동심으로 돌아가 질척한 눈을 애써 뭉쳐 가까운 사람에게 던졌다. 늘 그랬듯 장로 부부는 고구마를 꺼내놓았고 이화실은 새초롬하게 앉아 있었다. 그녀는 보건진료소와 자신의 집 경계에 옥수수와 호박을 심었다가 뽑은 후에도 이따금 마당에 산책하듯 거닐며 한 움큼씩의 풀을 뽑아 경계 너머 보건진료소 쪽으로 휙 던져놓고 들어가곤 했다.

하산 길은 더 조심하라고 반장이 말했다. 장로가 비료부대

양 모서리에 구멍을 뚫어 어디서 난 것인지 새끼줄을 이었다. 가장 먼저 방명희가 비료부대에 앉았다.

"나 무서우니까 누가 잡아 줘."

강 장로와 남자 교인 한 명이 양쪽에서 나란히 끈을 붙들고 달렸다. 방명희는 비명을 지르며 즐겁게 눈썰매를 탔다. 강 장로의 이마 위로 땀방울이 비 오듯 했다.

"하이구우. 사모님 눈썰매 태우다 우리 서방 잡겠네."

"권사님도 타 봐. 타 보시면 얼마나 즐거운지 몰라요."

방명희는 스스로의 기분에 취해 뜨악한 얼굴을 하는 장로 부인의 말뜻을 알아채지 못했다. 나는 눈썰매를 태워 주겠다는 사람들의 권유를 사양했다. 장로는 가장 가파른 곳에서 곳곳의 겨울나무를 피해 곡예 하듯 눈썰매를 탔다. 한두 해의 솜씨가 아닌 듯했다. 그의 곡예를 모두들 웃음과 박수로 응원했다.

나는 맨 뒤에 서서 내 앞에 내려가는 반장의 뒷모습을 바라보았다. 큰 덩치와 큰 키, 큰 목소리, 능글맞은 제스츄어……. 반장이 산행 팀을 잘 이끌었으면 좋겠다.

"소장님!"

별안간 반장이 나를 부르며 뒤돌아봤다.

"요즘 괜찮아요?"

박도옥 일행이 시보건소에 찾아간 것을 두고 한 말이었다.

"지나가겠죠 뭐."

좁은 비탈길을 벗어나자 차가 다닐 수 있는 임도가 나왔다. 사람들은 일렬을 흩트려 두세 사람 나란히 이야기를 나누며 걷기 시작했다. 늘 웃음과 높은 목소리, 악의 없는 장난이 끊이질 않았다. 산행을 시작하면서 그 풍경을 바라볼 때마다 환경이 사람의 심성을 많이 좌우한다는 것을 새삼 깨달았다. 내가 조금이나마 이 마을 안에서 어떤 중요한 자리를 차지하고 있다면, 꾸준히 마을 사람들 삶의 질에 관심을 가져야 할 것 같았다.

"저, 말입니다."

"네 말씀하세요."

나는 한 발 뒤로 물러난 반장과 나란히 걸었다.

"그냥, 잘해주세요……."

반장은 내 시선을 피하며 스틱으로 나뭇가지의 눈을 툭, 툭 쳤다.

"… 그냥 잘해주라고요. 그 노인들… 이 마을에서 그 사람들 좋다는 사람 하나도 없어요. 그래도 어떡합니까. 그냥 안고 덮고 가야지. 내가 소장한테 해주고 싶은 말은 딱 한 가집니다. 어제 말이요. 면사무소에서 쌀이 세 부대 나왔다고. 한 포는 노인회관에 갖다 주고, 한 포는 거 왜 저 집 있잖아. 교회 옆에 이사 온 집 말이지."

반장은 앞서가는 김분옥을 손짓했다.

"진짜 돈이 없어서 없다 하는 건지, 어쨌든 뭐 목사가 돈 안 받고 빌려준 집에 거저 사니까 돈이 없다 봐야지. 그래서 저 집에 한 포 주고, 나머지 한 포는 박도옥 할머이를 줄라고 했는데……."

반장은 대화를 이으며 '소장님'에서 '소장'으로 호칭을 격하시키고 슬며시 반말을 하기 시작했다. 그의 습관이었다.

"… 좋아. 박도옥 할머이 그 집이 이렇든 저렇든 오가는 자식도 없이 손녀 데리고 사니까 이장이랑 나랑 의논해서 그 집 줄라고……."

반장은 허공으로 팔을 저어가며 계속 말했다. 내가 아무 반응을 보이지 않는 것이 자신의 말이 그만큼 나를 설득하고 있다고 생각하는 듯했다. 뜻밖이었다. 내가 짐작했던 것보다 더 많이, 더 강하게 이 마을 사람들은 박도옥이나 장달자를 두려워하고 의식했다. 그럴 것이다. 박도옥과 장달자가 마을의 젊은 사람은 물론, 이장이나 노인회장 정도는 우습게 여기고 저렇게 마을을 손아귀에 넣고 있는 이유는 분명 하루 이틀에 일어난 일은 아닐 것이다. 모두 뒤에서는 그들을 욕하고 저주하지만 그들을 대할 때는 표적이 되지 않기 위해 몸을 낮췄다.

"… 설 같은 때 말이요."

반장은 오래도록 하고 싶었던 말을 하듯 표정이 진지했다.

"설 같은 때 진료소장이 노인들에게 세뱃돈도 돌리고 그랬으면, 이런 일 없었을 거라고. 소장도 진작에 그렇게 살았다면 아무 잡음 없었을 거라고. 이장한테 밥도 좀 자주 사고 노인들한테 고깃덩이라도 좀 돌리고 그러란 말이지. 요즘 느끼겠지만 우리 마을 군기 센 거 아시잖아!"

나는 입을 다물고 터덜터덜 걸었다. 밥! 밥! 밥! 밥은 식탁 위에서처럼 모든 관계에서도 빠질 수 없는, 참으로 위대한 것이었다. 함께 밥을 먹지 않으면 될 일도 안 되는 세상! 제 집의 것만으로도 넘치게 먹어서 오히려 병이 되는 '밥'에 이렇게까지 편집증적인 태도를 보이는 사람들을 나는 도저히 이해할 수 없었다.

등산바지 주머니 안에서 휴대폰 진동음이 울렸다.

"… 아직 멀었어요?"

시보건소 직원 이영희였다. 나는 이영희의 말뜻을 유추하며 어떤 불길함을 가졌다.

시보건소에서 특수시책사업 보고서를 내라고 했을 때, 나는 이미 시행 중이던 산행계획서를 냈다. 자체 사업계획 후 그때그때 평가서를 기안하고 나름대로 의욕을 가지고 추진했던 사업이었다. 시보건소에서는 열 개 보건진료소의 사업계획서를 취합하여 다시 전자문서 공람에 올렸을 뿐, 어떤 코멘트도 하지 않았다. 보건소장은 이따금 그저, 더는, 참을 수 없이 너무도 못마땅하다는 얼굴로 우리를 불러놓고 발작적으로 히스테리를 부렸다. 할 수만 있다면 당장 해고라도 시키고 싶은 얼굴로, 온갖 멸시와 적대감을 망설임 없이 드러내며 오는 환자나 보지 말라고 윽박지르면서도 이미 제출한 사업계획서나 시행 중인 사업에 대해서는 어떤 의견도 말하지 않았다. 나는 그때마다 보건소장이 우리에게 바라는 것이 말과는 다를 것이라고 짐작했다. 누가 어떤 사업을 하든, 주민들에게 어떤 평가를 받고 있고 월평균 진료 실적이나 보건 업무 실적이 어떠한지에 대해서는 사실 아무런 관심이 없는 사람이었다. 그런 시보건소에서 내가 그 시간 산행을 간 사실에 대해 알고 있다는 표현을 해 온 것이 뜻밖이었다.

"… 무슨 뜻인지…?"

"진료소장님! 보건진료소로 몇 시쯤 들어오세요?"

나는 준공식 날 보랏빛 투피스에 숄을 두른 그녀가 식전에 고사를 지내자마자 돼지머리에 물린 돈 봉투를 들고 시보건소 차량 안으로 몸을 넣던 모습을 떠올렸다.

"지금 가는 중이니까 20분 내에 들어갈 거예요. 한데 무슨 일이에요?"

"마을 주민이 전화를 했어요. 혈압도 재고 혈압약도 타야 하는데 소장님이 젊은 사람 몇 데리고 어딜 가서 지금 밖에서 기다리고 있대요."

순수하지 않은 어떤 일이 다시 진행되고 있었다. 마을 주민이 웬만해서 시보건소에 그렇게 전화하지는 않았다. 나는 위현 주민 대부분을 파악하고 있었다.

"그 주민이 누구라던가요?"

"음… 사동리에 오용자 씨라고……."

사동리도 내가 관할하는 지역이긴 했다. 그러나 오용자 씨는 사동리 아니라 위현리에 사는 사람이었고 혈압관리 대상자가 아니었다. 다시, 그들이 틀림없었다. 이제 그들은 명의도용까지 하며 민원을 가장하고 있었다.

"제가 매주 수요일 오후에 주민들과 산행을 한다는 것 알고 계시죠?"

"그건 알지만……."

"위현 주민들도 모두 그 사실을 알고 있어요. 혹, 모르는 주민이 있다 해도 현관 유리에 안내문을 붙였고 거기에 제 휴대폰 번호도 적혀 있어요. 또 오용자 씨는 사동리 사람이 아니고 혈압이 높지도 않아요. 이번에는 함께 오시지 않았지만 늘 산행에 동행하시는 분이구요."

"아무리 진료소장님이 그렇게 말씀하셔도 우리로서는 모르니까 얼른 내려오셔서 그분 댁에 약을 갖다 드리라고 말씀드리려고 전화한 거예요."

우리? 나는 이를 악물며 눈을 감았다. 사방에서 검은 떼가 몰려오고 있었다. 정신을 차려야 했다. 내가 눈을 떴을 때 산행에 참여한 주민들이 나를 빙 둘러싸고 있었다.

"그 씨팔, 또 어떤 년이 지랄을 떨었대? 뻔해. 우리 마을에 그런 지랄 떨 년이 또 누가 있겠어? 어이구 내가 열통이 터져서 정말 못 살겠네. 부랄 찬 새끼들은 다 뭐 하는 것들이야? 동네가 왜 점점 이 지랄이 돼 가느냐고! 왜 그 미친년들이 온 마을을 쑥밭으로 만들고 있는데도 눈만 멀뚱멀뚱 뜨고 구경만 하냐고!"

60대 초반의 한 아주머니가 마침내 폭발했다. 고랭지 밭에 일하러 갈 때 인부를 모으는 사람이라 '작업반장'이라고 부르는데 때로는 불같은 성격으로 상대방을 압도하기도 했다. 반장이 얼굴이 벌게지며 작업반장의 시선을 피했다.

"이영희 씨! 그 전화가 고의적이고 부당하다는 것을 전혀 모르시겠어요? 모른다고 해도 상급기관이라는 곳에서 고작 그렇게밖에 못하나요? 왜 현관문에 안내문이 붙어 있을 테니 그것을 읽어보고 진료소장에게 전화를 하라든가, 응급상황이 아니면 진료소장이 공무 수행 중이니 좀 기다리라든가 왜 그런 말을 못하시냐구요?"

마을 주민들 앞이라고 해서 내가 시보건소 쪽에 조심스런 태도를 취해야 할 단계는 이미 아니었다.

"우리가 현관문에 안내표시가 있는지, 없는지 어떻게 알고 그런 말을 해요?"

나는 혼란스러워지기 시작했다. 시보건소 쪽이 나를 상대로 언쟁을 하며 이 시점에서 '우리' 라는 표현을 거듭 쓴다면 나는 어떤 자리에서 일하고 있는 누구일까.

"어떻게 알다뇨? 그건 기본이죠. 공무원이 근무 중에 출장을 나가면 당연히 고지를 하잖아요. 그동안 산행할 때 업무보조원이 보건진료소를 지켰어요. 그런데 알다시피 그거 죽기 살기로 방해하는 사람이 있어서 오늘 처음 문 닫고 갔어요. 그런데 바로 이런 일이 벌어졌어요."

내 목소리와 휴대폰을 잡은 손이 떨렸다.

"시보건소 인간들도 진짜 한심하네! 그 뻔한 짓거리에 왜 넘어가서 소장님한테 전화를 하고 지랄들이냐고! 우리 동네 미친 것들은 태생이 그렇다고 해도 공무원들이 왜 그 지랄들이냐 이 말이야! 어디 불안해서 앞으로 산행을 하겠냐고!"

'작업반장' 의 입술이 부르르 떨렸다. 교인인 최숙자와 김분옥,

이화실은 새침한 표정이었다. 자신들과 상관없다는 얼굴이었다. 방명희와 장로 부부도 어떤 언급을 하지 않았다. 발걸음이 무거웠다.

보건진료소 뒤로 겨울 해가 넘어가고 있었다. 나는 주차를 하고 차에서 내렸다. 누군가 뒷마당에서 튀어나왔다. 모자를 깊게 눌러쓰고 빨간 스웨터에 빨간 바지를 입은 나의 스토커, 박도옥이었다. 장상구가 준공식 때처럼 자신의 집 테라스에서 팔짱을 낀 채 오만한 표정으로 서 있었다. 나와 눈이 마주쳤지만 서로 인사는 하지 않았다. 이제 그도 진심을 감출 필요는 없을 것이다. 목사와 이장, 그리고 장달자와 김도옥까지 다 자기 부부를 떠받드는데 호락호락하지 않던 내가 무너져 내리는 모습을 그는 이제부터 철저히 즐길 태세이리라. 부잣집 외아들로 태어나 한평생 부모 돈이나 축내며 내키는 대로 살아온 장상구라니까 이해 못 할 것도 없었다. 그는 차기 이장이 되기 위한 꿈을 가지고 있다고 한다. 이장이 되고, 또 보건진료소 협의회장이 되어 그는 부모의 재산을 축내듯 보건진료소의 모든 기물을 맘껏 이용할 날을 기다릴 것이고 그렇게 된다고 해도 막을 수 있는 사람은 아무도 없을 것이다. 박도옥은 나를 지나쳐 뛰다시피 달려 장달자의 집으로 들어갔다.

나는 안으로 들어와 오용자의 집으로 전화를 했다. 그녀들이 아주 쇠고랑을 차고 싶어 작정을 했구만. 내가 짐작 가는 건 있네. 오용자 씨가 시원스레 해명을 했다. 늘 산행을 갔는데 이번 주에는 깜박했단다. 산행을 가지 않는 날, 늘 그러하듯 고개 하나를 넘어서 보건진료소로 이웃 사람 몇과 물리치료를 하러 가는데 미니슈퍼 앞에 장달자와 박도옥이 서서 전에 없이 반색을 하며 말을 걸었다. 어딜 가냐고 해서 보건진료소라고 말하려는 순간, 뭔가 아차, 하는 생각이 들어서 그저 여기까지 산책을 왔다고 했더니 보건진료소에 온 게 아니냐고 박도옥이 캐묻더라는 것이다. 아니라고 했지만 박도옥과 장달자는 진료소장 그년이 늙은 노인네들을 빼놓고 젊은 놈들과 보건진료소를 비우고 산에 갔다고 큰소리로 으름장을 놓았고 그제야 미니슈퍼 안을 들여다보았더니 이장도 미니슈퍼주인 김옥화와 마주 앉아 술을 마시고 있더라고 했다. 술을 마신 탓인지 이장은 장달자와 박도옥의 말을 받아 맞장구를 치며 진료소장은 분명 문제 있는 사람이라고, 주민들이 자꾸 진료소장을 갈구면 자중하고 보건진료소나 지킬 일이지 어딜 갔냐며 투덜거리더라고 전했다. 그러자 박도옥과 장달자가 뭔가를 쑥덕거리며 장달자 집으로 들어갔는데 아마 그때 시보건소에 전화를 한 것 같다고 말했다. 틀림없어. 그년들이야. 아주 이장도 그 할망구들한테 완전히 넘어갔드만! 술 한 잔 얻어먹고 간이고 쓸개고 다 빼준 거지. 그러니 그 동네 꼬락서니가 맨날 그 모양인 줄이나 알아. 그리고 소장님 걱정 말라고. 우리 영감이 지금 옆에서 당장 그년들을 그 뭐야, 명의도용으로 걸어 넣으래. 소장이 원하면 내가 처넣을 테니까 걱정 말고 얼른 퇴근해. 시보건소도 가라면 내가 가서 해명할 거고, 경찰서도 가라면 갈 거니까 어여 가서 애들 밥이나 챙겨. 에이 벼락 맞을 년들!

길 하나를 사이에 두고 있는 이장집 불이 훤했다. 나는 책상 위의 서류들을 정리했다. 산행 계획을 활성화시키기 위해 계획했던 선진지 견학 계획서가 보였다. 모든 정초 산행 계획과 함께 운영협의회 때 제안했던 내용인데 시행날짜가 일주일 앞으로 다가오고 있었다.

마루로 나온 이장은 그 어느 때보다 차갑게 느껴졌다.

"국회 견학 건입니다. 운영위원들을 만나 도장 좀 받아주세요."

100만 원 이상의 경비가 지출되는 모든 건에는 그때그때마다 운영위원 동의서를 첨부했다. 이장은 내가 내미는 계획안을 받지 않았다. 나는 앞으로 내밀었던 서류를 천천히 걷어 들었다.

"돈은 어디서 나오고요?"

연초 회의에서 이미 의결된 것을 까맣게 잊은 듯 이장이 따지듯 물었다. 그의 그런 고압적인 자세는 코미디로 느껴질 만큼 황당했다. 나는 그의 결재를 바라는 아래 직원이 아닌데 그는 무엇인가 상당히 착각하고 있었다.

"지난 회의에서 자체예산으로 가기로 결정했잖아요."

"안 돼요. 그만두세요."

지난봄, 장상구와 경계 문제로 의논을 했을 때는 가차 없이 '담 치죠' 했던 사실을 본인은 기억하지 못하는 것일까. 장상구에게 정당하게 한마디만 해도 해결될 수 있었던 일을 내가 환자 한 명 한 명을 진료하여 수년간 번 돈 중 300만 원을 들여 해결했던 사람이었다.

외등 아래의 이장 얼굴은 분노로 가득 차 있었다. 오용자가 했던 말이 떠올랐다. 이장은 그날의 산행에 대해서도 딴소리를 하며 장달자와 박도옥을 부추겼다 하지 않나. 이장은 자꾸 변해갔다. 그의 변화, 그러니까 나를 향한 그의 분노에 대해 나는 부당함을 느꼈다. 그는 마을의 이장인 동시에 보건진료소 운영협의회 회장이었다. 운영협의회라는 것은, 어디까지나 보건진료소 업무를 도와주는 단체였다. 공무원이긴 해도 오지에 여자 혼자 들어와 근무하니 마을의 대표들이 울타리가 되어 그 업무의 효율성을 올리라고 법으로 정한 것이 협의회임을 그가 모를 리 없다.

"아이고오! 누군가 했더니……. 아직도 퇴근 안 하셨어요?"

이장 부인이 나왔다.

"들어오시지 않고 왜 여기서?"

이장이 안으로 들어가 버렸다. 나에게 더 이상 어떤 볼일도 없다는 뜻처럼 보였다.

"들어와요. 들어가서 인절미라도 좀 꿔 먹고 가요."

"아니, 가봐야죠."

문득 내 목소리가 떨려 나오는 것을 느꼈지만 나는 겨울 산행 끝의 피로 때문이라고 생각했다. 이장의 태도에서 어떤 모멸을 느꼈다고 말하고 싶지는 않았다. 마을 사람들이 요즘 이장의 기세가 점점 하늘을 찌르는 것 같다고 말하는 것을 떠올렸다고 해도 말이다. 농협에서 이사 대우해주지, 면사무소에서 수시로 회의한다고 불러내어 점심 사 먹이지, 시에서 매달 활동비에 자녀학자금까지 대주고 농촌 육성사업 한다고 몇십 억씩 돈 떼어 주며 사업 벌이라 하지, 그런 사업하느라 이런저런 업자들 만나다 보면 이장님, 위원장님 하지. 낮내는 데에만 온 신경을 쏟고 있는 지방자치단체의 여러 기관장들은 자신들의 업적을 홍보하기 위해 시골 이장을 적극 대우하는 분위기였다. 누구나 이장을 하고 싶어 하는 건 아니어도 이장을 하고 싶어 하는 사람들에게는 농촌에서 폼 재고 살기에 더없이 좋은 완장이었다.

"소장님! 우리 이장이 요즘 중간에서 죽을 지경이요. 장달자, 박도옥 할머이 저녁마다 찾아와서 진료소장 쫓아내라고 못 살게 해요… 이 말은 차마 안 할라고 했는데 이왕 이렇게 된 거… 소장님이 우리 이장이 협의회장 노릇 제대로 못하고 겨울이면 눈도 안 쳐준다고 모가지 친다 했다면서요? 그리고 그 두 할머이 빨리 죽었으면 좋겠다고 했다는데……. 그 할머이들도 보통은 넘지만 우리는 소장님한테도 섭섭해요. 이장이 그래서 요즘 기분이 안 좋아요."

사람들이 진술과 사실을 구별하지 않기 시작했다. 박도옥과 장달자보다 더 무서운 건 악의에 찬 그들의 진술과 사실을 구별하지 않으려 하는 또 다른 사람들의 마음인 것이다. 거짓된 진술이 의도를 가진 사람들에 의해 기정사실화되고 그것이 마을을 돌며 서서히 독을 뿜기 시작했다. 주기적으로 마을을 찾아오는 그런 기운에 때로는 주민들 모두를 가해자로, 때로는 피해자로 만들었다는 사실을 잊은 채 사람들은 반복적으로 독의 전령사를 자처하는 것이다.

"… 그 말들을, 모두 믿으세요?"

나는 비참한 심정으로, 애원하듯 물었다.

"다 늙은 우리가 거짓말하겠냐고 눈물까지 쏟는데 어떻게 안 믿어요? 죽을 때 다 된 자기들이 오죽하면 혈압 올리며 다니겠냐고요. 자기들도 어지간하면 참고 산다는 거지."

나는 이장 부인의 얼굴에서 얼핏 어떤 낯익음을 느꼈다. 일방적인 주장, 상대를 제대로 쳐다보지도 않고 뭔가 궁리를 하는 듯한 표정, 이미 모의를 통해 계획된 결론을 위한 말의 쏟아냄… 언제부터인가 모두 서서히 같은 얼굴이 되어가고 있었다.

"… 그러니까 말이요. 그러니 소장님이, 소장님이 잘했건 못했건 손뼉도 마주쳐야 소리 나잖아요. 그런 소리 안 들을라면 그냥 싹싹하게, 착 달라붙어서 애교 좀 떨고 그래요. 소장님이 그걸 안 하니까 우리도 힘들고 다 힘들어요. 우리도 그 할머이들이 다 옳다고는 생각 안 하지만 어쩌냐고요? 말귀 알아듣는 소장님이 그냥 할머이들이 바라는 대로 좀 살살거려 봐요. 우리 이장도 소장님한테 갖는 불만이 그거지요 뭐 딴 게 아니라고요."

낮에 간간이 있던 황사가 밤이 되자 더 심해졌다. 키 낮은 집들에서 새어 나오는 불빛들은 여전히 따뜻하고 아름다웠다. 나는 물 한 모금 먹을 기력도 없이 휘청거리며 마을을 빠져나왔다.

15. 반장과 이장 사이

아침에 출근해서 환자를 보며 나는 저장된 문서를 다시 출력했다. 매주 수요일 2시부터 5시까지 산행을 한다는 안내문이었다. 마침 반상회를 여는 날이니 마을 사람들에게 나눠 주는 것이 좋을 것 같았다. 대부분의 사람들이 알고 있지만 박도옥 같은 사람들이 있으니 나중을 위해 또 하나의 절차를 반복했던 것이다.

반장이 마침 들어왔다. 그의 얼굴에는 어제 산에서의 호기로움은 찾을 수 없었다. 스스로 인스턴트커피 한 잔을 만들어 소파에 앉았다. 나는 인쇄된 안내문을 들고 그와 마주 앉았다.

"오늘 반상회 하시면서 주민들께 이것 좀 나눠 드리세요."

그는 커피를 마시며 안내문을 읽었다.

"미꾸라지 한 마리가 뭐 어쩐다더니 나, 참 죽겠네⋯⋯."

그는 소파에 등을 기대며 피곤한 표정을 지었다.

"이런 것이 문제의 핵심이 아니라는 것을 누구나 알지만 그래도 일단, 나눠주세요."

"어제 알아봤어요? 박도옥 할머이가 전화한 게 맞지요?"

"거의 확실하지만 시보건소에서 확인해주지 않는 이상 아직 단정할 수는 없어요. 일단, 오늘 이 안내문을 반상회에 모두 돌리고 저는 제 나름대로 시보건소에 요청해볼게요. 발신지 추적 같은 거 하면 알 수 있을 거예요."

"그렇게 합시다. 그렇게 해야 저 할머이들 버르장머리를 확 고칠 수 있어요. 나 어제 얼마나 열 받았는지 알아요? 그 할머이들 때문에 요즘은 어디 회의에 가면 이 사람 저 사람들한테 그 동네 사내새끼들 다 뭐하냐는 소리 지긋지긋하게 듣고 있어요."

반장은 지금까지 이장과 함께 그 노인들의 기를 어떻게 살려줬는지에 대해서 되짚어 볼 의사는 없는 것 같았다. 그 노인들이 이 마을 전체를 흔든 게 이번만이 아니라는 것을 반장 역시 잘 알고 있었다. 그들의 상습성을 방조하고 있는 것에 대해 마을 대표들의 책임이 없다고 말할 수는 없었다.

"그러니까 이번에는 꼭 뿌리를 뽑아요. 어디서든 사람들 앞에 서서 일을 하려면 말썽 일으키는 사람들 중에 보듬어줘야 할 사람과 아킬레스건을 건드려 줘야 할 사람을 구분해야 해요. 저는 그 사람들, 더 이상 용납 못 해요. 제가 파스 한 장 더 주고, 반장님, 이장님들이 쌀 한 말, 콩 한 말 갖다 준다고 가라앉을 사람들이 아니라구요."

"그건 압니다. 나도 소장님과 같은 생각이지만……."

반장은 말끝을 흐리며 창밖의 먼 곳을 봤다.

"무슨 말씀인지… 하세요."

"하필 말입니다. 왜 내가 산에 따라나선 첫날, 이런 일이 생겼는지 그게 아주 찜찜해서요."

나 역시 입 밖에 내지 않았던 무엇이 있었는데, 반장도 이제 그것을 감지한 것 같았다. 평소 박도옥은 반장을 '아범'이라고 불렀다. 마치 자신의 장가간 아들을 부르듯이 아범아! 아범아! 했다. 나를 함부로 부리고 싶어서 그러는 모양인데 나는 그 소리가 듣기 싫다고! 아주 소름이 쫙 돋는다고! 반장은 그 아범, 소리를 듣기 싫다며 몸서리를 쳤다. 피 한 방울 섞이지 않은 사이에 그런 호칭을 일방적으로 쓰는 것은 일종의 어떤 '강요'였다. 실제로 박도옥은 반장이 벼농사를 지으면 쌀을 한 가마씩 팔아주며 마을 일에 개입해 왔다. 그리고 마침내 지난여름, 박도옥은 집으로 반장을 불러들여 나를 반상회에 올려 이 마을에서 쫓아낼 것을 종용했다. 아범이 앞장서서 저년을 내쫓아 줘! 반장이 이 제안을 무시하자 매년 반장에게 쌀을 사던 박도옥은 반장의 표현을 빌리면 '보란 듯이' 장마에 몇 번이나 논이 잠겼던 이장집 쌀을 팔아주었다.

어제, 산행에는 반장을 비롯해 2, 3리 사람들과 다른 운영위원들 몇이 동행했다. 나는 내가 마을 사람들을 대상으로 건강사업을 하고 보건진료소를 활성화시키면 이장인 운영협의회장은 직접 참여하든 안 하든 나를 도와주거나 지지해주리라 생각했다. 그러나 이장은 산행에 참여할 의사는 없어 보였고, 그렇다고 그 사업이 활성화되고 있는 마당에 방관자로 뒷짐 지고 있는 존재로 남아있는 것도 싫은 듯 했다. 이장은 또 다른 형태의 박도옥이었다. 박도옥이 장달자나 김금송을 못 견뎌 했듯 이장도 반장을 필요로 하지만 반장이 보건진료소 일을 도와주고 나와 가까워지는 것을 못 견뎌 하는 것 같았다. 그래서 이장은 언제부턴가 내가 어떤 자세로 일을 하는지에 대해서는 알 바 없고 박도옥처럼 오직 자신만 대우하고 인정해주기를 바랐다. 최혜림이 내게 언니라 불리고 싶어 하듯 그들 모두는 나를 사적으로 이용하고 싶은 공통된 욕망을 가지고 있는 것이다.

나는 반장의 말에 어떤 대답을 하지는 않았다. 워낙 민감하고 유치해서 내 입으로 말을 할 내용은 아닌 것 같았다.

"그건 그렇고, 가요무대 갈 수 있는 거지요?"

"안 될 것 같아요."

나는 담담하게 말하며 반장의 반응을 봤다.

"왜, 아니 누가 안 된대요? 보건소에서?"

그러고 보니 시보건소의 태도도 이상했다. 그 정도의 계획안을 시보건소에 보냈으면 가타부타 무슨 말이 있어야 했다. 경비야 보건진료소에서 자체적으로 하니까 시보건소에서 신경 쓸일이 없지만 주민들과 장거리 여행을 하는 만큼 안전 문제라든가, 하는 것에 대해 짚고 넘어가는 것이 상급기관의 역할인데 어떤 반응도 보이지 않았다.

"아니, 어제 이장님이 반대했어요."

반장의 얼굴이 굳었다.

"아니 왜요?"

반장이 창 너머로 이장 집 쪽을 봤다.

"이장이 반대하면 못 가는 거죠?"

나는 반장의 표정을 살폈다. 회의에서 결정된 일을 새삼 이장이 신경질적으로 가로막고 나서는 것도 터무니없는 일이었다. 반장은 고개를 숙이고 뭔가 골똘히 생각하다 갑자기 고개를 획들며 나를 쳐다봤다.

"소장님이 이장님을 뭐 섭섭하게 한 거 없어요? 거 보라고. 내가 그랬잖아. 가끔 나가서 점심도 같이 먹고 좀 그러라고. 그런 게 없으니까 저렇게 띡띡거리는 거 아니요? 이 세상에 별놈 없어요. 그저 술 사주고 밥 사주면서 살살거리면 안 넘어가는 놈 없다니까. 저 양반도 생긴 모양대로 소갈딱지가 좁아서 팩팩거리는 건 있는데 마음은 약하다고. 그러니 내가 그 가요무대 건은 잘 얘기해 볼 테니 아까 얘기한 그거나 잘 생각해봐요. 그리고……."

반장은 탁자 위에 있던 안내문을 다시 내게 내밀었다.

"… 이건 직접 줘요. 내가 갖다 주면 또 삐친다고. 소장님하고 나하고 자기 빼놓고 차라도 한잔한 거 알면 역효과야. 지금에야 말이지만 저 양반 다른 마을 이장, 반장이 보건진료소 앞에 차 대놓고 조금만 오래 앉아 있다 가면 거기서 뭔 얘기했나, 왜 그렇게 오래 있었냐고 꼬치꼬치 묻는 통에 골이 딱 아파요. 그래서 여기 차 한잔하거나 물리치료라도 좀 받으러 오고 싶어도 못 오지. 내가 여기 올 때마다 차 안 타고 오는 이유가 그거라니까……."

반장이 일어나 내가 앉아 있는 책상 쪽으로 다가왔다.

"나, 아니면 모두가 다 적이다, 그렇게 생각하면 실수가 없을 거요. 나도 그렇게 살아요. 이 동네는 그렇거든요. 아시겠지요!"

나는 습관처럼 의자에서 일어나 진료실 안을 서성이다 창밖을 바라봤다. 이장 차가 보건진료소 주차장 앞에 서 있고 반장이 운전석에 머리를 디밀듯 서 있었다. 두 사람은 꽤나 진지하게 무슨 이야기를 나눴다. 차가 출발하고 반장은 반대 방향으로 팔자걸음을 했다.

"그거 말이요. 국회 견학 건 그거 다시 봅시다."

이장은 만면에 웃음을 담고 현관에 서 있었다. 그의 웃음이, 애써 만든 웃음이라는 것을 어렵지 않게 느꼈다.

"왜요?"

나는 신발을 벗지 않는 그와 마찬가지로 서 있는 자리에서 담담하게 물었다.

"그거 검토해보고 운영위원들 의견 들어보지요 뭐."

이미 회의를 거쳐 의견 일치를 봤고 인근 마을 주민들이 오매불망 기다리던 사업인데 새삼 운영위원들 의견을 물어본다는 건 이치에 맞지도 않는 얘기였다.

"아니, 기금도 있고 주민들 농사일 시작하기 전에 바람 좀 쐬드리려고 한 건데 문제가 있다면 굳이 갈 필요가 없어요. 제가 말씀드리고 싶은 건 저 좋자고 추진한 일은 아니었어요. 지금 그냥⋯ 없던 일로 하세요."

나는 극심한 피로를 느꼈다.

"그래요? 그러면 그건 그렇고 시보건소에 그 일전에 명의 도용하여 전화한 주민 말입니다. 그 사람 발신지 추적 좀 해달라고 부탁해보세요. 내 이번에는 그것들 버르장머리를 확 고쳐볼라고요. 그러자면 증거가 있어야 돼요."

나는 돌아서는 이장을 불러 안내문을 건넸다.

"알았어요. 내가 오늘 이 마을 저 마을 다 돌아다니면서 쭉 돌릴게요."

16. 조짐

직원들 모두 정장 차림이었다. 시보건소 2층 사무실 안의 직원들은 마치 결혼식장에 갓 다녀온 사람들 같은 표정으로 북적였다. 그들은 상기되어 있었다. 엑스포 현장에 대한 2차 실사날이라고 했다. 모두가 엑스포가 성사되는 것이 내 집안일보다 더 중요하다는 표정이었다. 이 도시에 엑스포가 유치되면 무엇이 좋은지 나는 알 수 없었다. 다른 사람들은 정확하게 알고도 남는다는 얼굴이었다. 나는 그들의 일사불란함에 현기증을 느꼈다. 의자에 앉아 있던 내게 눈인사를 하거나 목례를 하며 지나치는 그 획일적인 차림의 직원들에게서 나는 붉은색을 떠올렸다. 붉은색의 당당한 그 어떤 무리들은 서로에 대해 의심이나 회의가 없을 것이다.

"안녕하세요? 저 위현보건진료소에 근무하는……."

새 시장 취임 이후, 1월 초에 대대적인 첫 정기인사발령이 있어 나는 책상 위치와 명패로 과장과 계장을 찾았다. 그들은 발령받은 지 두 달이 다 되어갔지만 보건진료소를 방문하지도, 보건진료소장들을 시보건소로 불러 인사를 나누는 자리를 갖지도 않았다. 전임 과장은 전우희 건 때문인지 외곽의 하수종말처리장으로 갔고 조동우는 진급을 하여 시청으로 자리를 옮겼다.

"아. 예. 좀 바빠서……."

계장인 듯한 사람은 나를 보고 잠시 웃는 듯하더니 곧바로 줄행랑을 쳤다. 나를 고발하기 위해 위현 주민들이 떼로 몰려왔다면 상급기관의 상사 누구든 내게 어떤 질책을 하거나 조사를 하는 게 상식일 것이다.

"안녕하세요? 과장님이시죠? 저는 지난번에 민원 생긴 그 보건진료소에 근무하는……."

나는 다시 대화할 상대를 찾았다. 그러나 장대한 기골에 안경을 쓴 대머리의 신임 과장도 마찬가지였다.

"아, 이영희 씨! 여기 진료소장님 차 한 잔 드렸어? 나는 말이야.

방송국 인터뷰가 있어서 나간다."

전임 과장과 달리 그의 눈빛은 냉혹했다.

혁신 차원에서 모두 걷어버렸다던 파티션은 다시 쳐져 있었
고 그 너머에서 직원들이 턱을 들고 나를 흘끔거렸다. 나와 눈
이 마주치는 사람들은 재빨리 눈을 피하거나 웃었지만 그 웃음
은 또 그만큼 재빨리 사라졌다. 나는 굳게 닫힌 문 쪽으로 갔
다. 파티션을 치울 때, 보건소장실도 헐어버렸다더니 어느새 슬
며시 다시 복원되어 있었다. 내가 도어의 손잡이를 잡는 순간,
누군가 내 뒤에서 어깨를 잡았다. 이영희였다.

"아니, 저……"

이영희는 더 이상 말을 잇지 못하고 곤혹스러운 표정을 지었
다. 보건소장은 책상 앞의 의자와 접대용 소파를 비워놓은 채
서서 바깥의 상황에 귀를 기울이고 있었던 듯했다.

"어서 와. 이 여사는 여기 차 한 잔 내오고……"

보건소장의 목소리가 차분했다. 이영희가 네, 라고 대답하며
나갔다.

"앉지."

보건소장과 나는 햇수로 3년 만이었다. 그는 신년을 맞아 보
건진료소를 차례로 돌곤 했지만 준공식을 마친 이후, 2년째 위
현에는 오지 않았다.

"일전에 주민들이 찾아와서 놀라셨지요?"

내가 먼저 입을 뗐다.

"아니야. 살다 보면 이런 일도 있고 저런 일도 있지 뭐."

의외였다. 이영희가 들어와 차를 놓고 뒷걸음질 쳐 나갔다.

"들지."

찻잔은 내 앞에만 있었다. 혼자 마신다는 게, 좀 어색했다.

"한 가지 말씀드릴 일이 있습니다."

보건소장은 내게 별달리 할 말이 없는 듯했다. 침묵이 흘렀
다. 그 침묵은 나에 대한 완강한 거부로 느껴졌다. 나는 다시
말을 이었다.

"일전의 일을 일종의 민원으로 보시는 거지요?"

"왜?"

"보건소 직원들이 그 주민들의 집을 방문한 걸로 아는데 민
원에 대한 사실조사 차원이라면 왜 저와는 아무런 대화를 하지
않는가 해서요."

"에이 그거? 그건 그날 내가 의회에 가봐야 하는데 그 사람
들이 나를 붙들고 할 얘기가 있다고… 막무가내야. 그래서 일단
돌아가 계시면 직원들을 보내 그다음 얘기를 다 들어준다고 했
지. 그래야지 뭐 어떻게 해? 안 그래?"

"들어 준 다음은요?"

"나 원 참 딱하네. 별걸 가지고 그러네. 진료소장! 진짜 문제 있어. 성격이 왜 그래? 그러니 주민들하고 부딪히지. 공무원은 말이야. 실력이고 일이고 뭐고 다 필요 없어. 일단 모가 나지 말아야 된다는 것, 둥글게, 둥글게, 무조건 네, 네 하면서 주민들을 대해야지 꼬치꼬치 따지고 묻고 그거 공무원 자격 없어."

나는 물러서지 않았다.

"며칠 전 주민 누군가가 제가 보건진료소를 비웠다고 이쪽으로 전화한 거 아시죠?"

보건소장은 대답하지 않았다.

"협의회장님이 보건소장님께 전해달라는 얘긴데 그 전화에 대한 발신지 추적에 협조 좀 해달랍니다."

"협의회장이?"

보건소장이 다소 당황하면서도 침착함을 가장했다.

"네."

"협의회장 사람 좋잖아? 뭘 캐고 그럴 사람은 아닌 것 같은데……. 지난번에도 말이야. 민원인들 찾아왔을 때, 뒤따라와서 진료소장 편들더라고. 그래서 내가 고맙다고 했지. 마을 이장이 주민들 편 안 들고 공무원 편들기 쉽지 않은데 말이야. 뭐 진료소장이 아주 활동적으로 잘한다고, 어디 갔어? 특수시책 사업으로 산행도 잘하고 있다고 말이야. 그래서 내가 몇 번이고 말했어. 공무원 편드는 거 아주 이례적이라고 말이야."

보건소장의 말투가 교묘했다.

"제 부탁이 아니라 협의회장 부탁이니까 발신지 추적해 주실 거지요?"

나 역시 들은 얘기도 있어 다소 비아냥거렸다. 박도옥은 보건소장을 찾아갈 때마다 너무도 깍듯이 대해준다고 마을에 자랑을 하고 다녔다. 박도옥의 말을 다 믿지는 않았는데 최근 함께 보건소장을 찾아간 장달자도 미니슈퍼에 와서 자랑을 했다고 김옥화가 말했다. 보건소장이 그렇게 극진하게 대우해 주더라며 자랑이 늘어졌어요. 언제든, 조금이라도 불편하면 망설이지 말고 찾아오라고 했대요. 보건진료소에 가면 종이컵에 커피 주지만 보건소장실에 가면 받침 달린 유리잔으로 커피 대접받는다나? 기가 살아서 난리도 아니에요. 장달자와 박도옥 뿐만 아니라 이장도 보건소장을 만난 후 나를 대하는 태도가 급격하게 바뀌었다.

"아니 자꾸 무슨 말을 하는 거야? 그게 말이나 돼? 나보고 지금 주민들하고 진료소장하고 싸움 붙이라는 거야?"

"못 해 주신다 말씀입니까?"

"그런 건 법에 가서 말해. 서로 고소라도 했으면 법에서 알아서 하겠지. 그리고 내 한 가지만 더 얘기하는데 주민들한테 좀 잘해. 그 사람들 말 다 믿을 건 못되지만 내가 들어보니 진료소장 잘못이 몇 가지 있긴 있었어."

"그게 뭔지 말씀해보세요."

보건소장은 작정한 듯 말했다.

"그 사람들 진료소장에 대한 인신공격도 엄청 했지만 내가 다 잘랐어. 그런 소리 할라면 앞으로 나 찾아오지 말라 그랬지. 그런데 내가 그냥 넘어갈 수 없는 건 진료소장이 주민들 상대로 곡식을 뜯는다면서? 이 할머니가 콩 가지고 오면 다른 할머니들 보고 이분은 콩 가져왔는데 당신들은 왜 아무것도 안 가지고 오냐고 하고? 그리고 주민을 차별해서 곡식 가지고 오는 사람한테는 파스 한 장 더 주고 안 가지고 오는 사람은 달라고 해도 안 주고 그런다면서?"

강한 어투와 달리 그는 창 쪽을 바라보며 나와 시선을 맞추지 않았다. 그럼에도 나는 구토가 날 것 같은 충격과 모멸로 입술을 깨물었다. 그리고 여전히 내 눈을 바라보지 않는 그에게 천천히 응답했다.

"제게 곡식을 바친 주민이 누군지, 또 어떤 곡식을 언제 얼마나 바쳤는지 낱낱이 사실조사해주세요."

그들은 상종 못할 인간, 아니 인간 껍데기만 썼지 인간이 아니라고 사람들은 내게 말했다. 그러나 그들의 진술은 마술처럼 사람들을 불러들였다. 나는 조심했지만 결국 그런 사람들의 사나운 이빨 사이에 물린 채 버둥거렸고 나를 구출해주리라고 기대했던 사람들이 오히려 그들의 진술을 요긴하게 받아들이고 있었다.

"말 같잖은 소리 말고 돌아가. 이 세상 사람들한테 물어봐. 주민들하고 공무원이 싸웠다! 다 공무원 욕하지 주민들 욕하지 않아. 우리는 심부름꾼이라고. 시장님은 정치인이고. 정치인은 자기 표 갉아먹는 사람은 필요로 하지 않아. 옳고, 그르고는 중요하지 않단 말이지. 무조건 우리는 복종하면 돼. 그리고 한 가지 더 충고하겠는데 두루두루 좀 잘해. 한쪽에만 잘한다고 다 되는 거 아니야. 소홀히 하는 쪽에서는 꼭 누수가 생긴단 말이지. 알아들었으면 가서 근무나 열심히 하라고. 언제까지 주민들하고 쌈질할 거야? 출근해서 주민들하고 쌈질이나 하라고 월급 주는 거 아니잖아."

저 절대적인 원칙과 명분은 대체 언제, 어디서, 누가 만든 것일까. 그리고 왜 내게는 가르쳐주지 않았을까. 저것이 공무원의 행동지침이라고 미리 가르쳐주었다면, 나는 주민동향일지나 동영상 같은 기록물이 나를 지켜줄 수 있을 것이라는 어리석은 기대는 하지 않았을 것이다.

나는 떠밀리다시피 시보건소를 나오다가 현관 앞에 멈췄다.

환하게 웃는 얼굴이 그려진 노란 바탕의 플래카드! '그늘 없는 도시, 웃는 행정! 웃는 시민!' 나는 플래카드의 문구를 해독하려고 애쓰며 주차장으로 향했다.

밤 11시, 나는 막 잠이 든 지우의 얼굴을 들여다보았다. 하얀 피부에 갸름한 얼굴, 나무랄 데 없이 어여쁘고 천진한 모습에 나는 또다시 가슴 위에 무거운 돌덩이가 얹어지는 것 같았다. 이 세상의 모든 기준, 그 기준에 미달되어 장애인이라는 이름으로 살아가는 아이는 아침에 눈을 뜨면 또다시 소통되지 않는 세상으로 나와 이방인으로 하루를 살아야 할 것이다.

잘 자는 지우를 괜히 끌어당겨 팔베개를 해주며 품에 꼭 안았을 때, 전화벨이 울렸다. 나는 지우를 조심스레 품에서 떼어내어 베개를 다시 받쳐 주고 거실로 나왔다. 목소리를 금방 알 것 같았다.

"이장이요, 소장님 어쩌다가 이장을 건드렸어요?"

교회 앞집 할머니는 두서없이 서둘렀다.

"무슨 일이에요?"

"아까 말이요. 반상회에서 투표를 했어요. 소장이 좋은지, 나쁜지 똥글배이를 치든가 엑스를 하든가 하래요."

"그래서요?"

"하라니까 다 하던데요? 다 똥글배이를 치면 그 박도옥이년이 조용할 거라고 그렇게라도 하자고요."

나는 이장의 돌발적인 행동에 어이가 없었다. 언제 주민 여론이 안 좋아 그들이 나를 힘들게 했던가.

"이장이요. 술 한잔했어요. 말을 많이 하는 양반이 아닌데 오늘은 작정하고 한 마디 하대요. 소장님하고 박도옥이 싸우는 통에 못 살겠다고. 소장님도 잘못이 있다고요. 의논도 없이 툭하면 혼자 무슨 일을 처리한다고. 이번에 가요무대 가는 것도 자기가 딱 잘라서 거절했다고. 소장님이 가져온 서류를 거들떠보지도 않았다고. 오늘 누가 묻지도 않은 얘기를 줄줄 하대요. 이런 전화 왔다고 누구한테 말하지 말아요. 옛날에도 그랬지만 점점 이 동네가 이북 빨개이들 보다 더해요. 그리고 소장님 나는 늙은이라 잘 모르겠는데 그 옆에 이사 온 교회 다니는 새댁네 말이요. 그 집하고도 소장님이 뭐 싫은 소리 하고 말 안 하고 산다고요?"

"누가 그래요?"

"아니, 이장이 소장님보고 이러쿵저러쿵하니까 그 새댁 부부가 덩달아 안팎으로 소장님을 욕하더라고요. 이 동네 사람들은 안 그러는데 그 부부는 아주 박도옥이 편을 들면서 젊은 공무원이 노인네들한테 너무 그러면 못 쓴다고 또박또박 한마디 하던데요."

242

장상구 부부도 묘한 분위기를 타고 드디어 수면 위로 올라오고 있었다.

"나 원 참 뭐가 뭔지……. 그 집은 이사 온 지 얼마 되지도 않고 교회 댕긴다면서 왜 잘하는 소장님한테 쌍심지를 켜는지 이상하대요."

"그 자리에 누구누구 있었어요?"

"맞아. 내가 이 얘기도 꼭 해 줄라고 했는데 박도옥이 그 여시 말이요. 반장이 반상회 막 시작하면서 소장님이 보냈다는 그 안내문을 읽으니까 벌떡 일어나더니 줄행랑을 치더구만요. 그래, 누가 붙잡았지. 왜 가냐고. 끝까지 앉아 다 들으라면서. 근데 자기와는 상관없는 일이고 들을 일도 없대요. 상관없으면 그냥 앉아 있으면 되지 양은 냄비 바닥 같은 심보를 그렇게 또 보이두만요. 도둑이 제 발 저리다는 걸 광고하는 거지. 뭐라 그랬재? 그래, 그 자리에 누가 있었냐고? 우리 반민 거의 다 있었지요. 반상회 안 댕기는 젊은 집 몇 집 빼고는 다 있었재. 목사 부인도 있고 이장도 있고 반장도 있고 그랬지 뭐."

"할머니는 동그라미 했어요?"

나는 웃으며 농담처럼 물었다.

"이그! 그걸 말이라고 해요? 뭔 짓 하냐고, 우리 반상회에서 소장님을 왜 투표하냐고 한마디 했는데 그래도 머 동글배이 많이 나오면 소장님한테 좋다 하니까 했재. 내가 슬쩍 봤는데 다 동글배이를 하는 것 같은데 그 교회 다니는 진료소 옆집 새댁네하고 목사 부인은 좀 다른 것 같더라고요. 얼굴 표정도 심상치 않고……. 그나저나 그런 거 다 신경 쓸 거 없고 어떻든 간에 이장이 마을 대표니까 이장한테 잘해요. 그런 줄 알라고 내가 늦게 전화한 거요. 이제 그만 자자고. 잘 자고 내일 봐요."

밤은 길고 출근길은 더뎠다.

나는 점점 무력화됐고 이상한 조짐은 한 발짝 한 발짝 나를 향해 다가왔다.

신년 간담회가 예년보다 늦은 2월 말에 있었다. 무슨 일인지 해마다 1월에 하던 보건진료소와 시보건소 간담회를 미루고 미루더니 한 달이나 늦게 했다. 행정계장이 먼저 마이크를 잡았다.

"그냥, 말입니다. 무조건 조용히, 조용히 지냈으면 합니다. 제 신조는 말없이, 잘하지도 말고, 못하지도 말고 그렇게 없는 듯 있는 듯 지내자는 겁니다. 물론 그러니까 나는 아직 이 나이에 이 자리에 있는지 몰라도 제발……."

그는 생뚱맞을 정도로 밑도 끝도 없이 인상을 쥐어짜며 애원하듯 말했다. 뭔가 하고 싶은 말이 있지만 차마 입 밖에 내지 못한 듯 읍소만 했다. 각 계장들의 업무 브리핑과 훈계가 끝난 다음 보건소장이 문을 열고 들어왔다.

"해 바뀌고 처음 보는 거니까 내 한마디만 할게. 여러분들 말이야. 옛날식으로 생각하면 안 돼. 교통도 안 좋고 건물도 후줄근할 때는 여러분들을 보는 사람들이 그리 많지 않았지. 그러니 혹 뭐 여러분들이 조금 미흡해 보여도 산골에서 고생한다, 그거 하나로 다 넘어가 주고 통했겠지. 그런데 요즘 그런 식으로 살다가는 큰일 나. 인터넷이다 뭐다 해서 요즘은 공무원들이 숨을 데가 없잖아… 여러분들에 대해 별 얘기가 다 나와. 그래도 공공기관인데 약 지으러 가보면 진료소장 애가 진료실에서 뛰어논다, 남편들이 추리닝 바람으로 왔다 갔다 한다, 지은 지 얼마 안 되는 건물에 거미줄이 주렁주렁 매달렸다… 이런 거 참 낯 뜨거운 얘기들이잖아……."

보건소장은 민감한 말을 하면서도 미소까지 보였다. 평소 보건진료소장들이 못마땅해서 미칠 것 같은 그런 표정에서 풀려나 있었다.

"… 내 말은 여기까지야. 다시 한 번 말하지만 언행 조심하고 여러분들이 왜 그 자리에 있는지, 앞으로도 본분을 잊지 말고 말이야."

보건소장이 일어나 나갔고 과장이 천천히 두 번 손뼉을 쳤다.

"자, 자 밥 먹으러 갑시다. 오늘 소장님이 먼 길 나오신 여러분들을 위해 밥 한 그릇 사주라 하셨습니다. 한 사람도 빠짐없이 저기 저 사랑불고기로 갑시다……"

　지루한 수업이 끝난 학생들처럼, 모두가 와자하게 웃으며 나갔다. 나는 쉽게 자리에서 일어나지 못했다. 보건소장은 뭔가를 작정하고 있거나 모의하고 있는 것이 틀림없었다. 그가 몸을 돌려 나갈 때 이미 그의 옆얼굴에는 웃음기가 사라졌다. 그의 그런 모습은 그 무렵, 박도옥이 걸핏하면 손가방을 들고 보건진료소를 지나 아침 9시 버스를 타고 어딘가에 잠깐 갔다가 11시 버스로 돌아올 때의 모습과 닮아 있었다. 박도옥은 더 이상 보건진료소를 쳐다보며 적의에 불타는 눈길을 보내지 않았다. 박도옥은 그저 조용히 고개를 약간 숙이고 보건진료소 앞을 지났다. 늘 쓰고 다니는 검은 모자 아래 박도옥의 눈빛은 알 수 없었다. 다만, 빨간 구두로 길가에 점을 찍듯 천천히 걸으며 그녀는 무엇을 궁리하고 있었다. 장달자와 박도옥은 최근 부쩍 마을 사람들과 거의 어울리지 않았다. 이따금 박도옥이 장달자의 집에서 몇 시간이나 있다가 예의 그 의미심장한 모습으로 보건진료소 앞을 지나는 것을 나는 불길하게 바라보는 중이었다.

17. 공범

마을에는 3월의 이른 봄빛이 번지고 있었다. 언제인가부터 마을을 표현하는 하나의 명물이 된 수십 대의 풍력발전기는 먼 산에서 여전히 팔을 벌리고 회전했다. 겨우내 눈 덮인 산 위에서 움직이는 그 풍력발전기를 보러 전국의 관광객들이 붉은 꽃잎이 나부끼듯 마을 위를 오갔다. 소장님, 저기 한 번 가봤으면 해요. 산 아래의 마을 사람들은 그곳이 영원히 갈 수 없는 곳이라도 되는 것처럼, 간절한 소원처럼 보건진료소 창가에 붙어 서서 말했다,

내가 마을 사람들을 인솔해서 눈보라를 뚫고 해발 1200m의 그곳에 갔을 때, 거대한 풍력발전기의 날개가 무섭게 다가왔다. 휙, 휙 돌아가던 하얀 날개 쇳덩이가 한 개라도 부러지는 날이면…? 그 소음과 크기에 서로 긴장한 채 마주 보다가 일행은 서둘러 내려왔지만 지난겨울, 그래도 마을 사람들은 바람이 적은 날을 골라 또다시 그곳에 가곤 했다. 동경이 지워진 그 자리에서 일행은 무덤덤하게 뜨거운 물을 나눠 마시고 초콜릿을 먹었다.

어느덧 겨울은 추억처럼 사라지고 마을 사람들은 밭에다 거름을 퍼 나르며 농사 준비를 했다.

다른 날에 비해 건강증진실 안에 사람들이 많이 모였다. 오후 3시경, 전화벨이 울렸다.

"전자문서 들어가서 공람 좀 열어 봐."

동료였다.

나는 전화를 끊으며 다른 한 손으로 마우스를 잡았다. 그리고 아무 말도 하지 않은 채 모니터를 멍하니 들여다봤다. 시 당국은 내게 그날, 혹은 그 다음날에 마을을 떠날 것을 명령했다. 대신, 위현과 정반대 방향이면서 시내와 60여 Km 떨어진 최오지의 보건진료소로 발령이 나 있었다. 내가 지우를 등교시키고 오전 9시까지 출근할 수 없는 곳이었다.

"무슨 일이에요? 소장님…!"

건강증진실 안의 여자들이 서로 눈짓을 하며 나를 향해 다가 왔다.

"… 어떻게 이럴 수가 있지요?"

"무슨 일인데요?"

여자들이 모니터를 보기 위해 몸을 숙여 스테이션 쪽으로 왔다.

"… 발령이 났어요……."

"맞구나. 설마설마했는데 맞구나."

나는 천천히 의자에서 일어나며 여자들을 향해 말했다.

"알고… 계셨어요?"

나는 온몸에 한기를 느꼈다.

"어제, 아니 그 며칠 전부터 박도옥 할머니가 시청이랑 보건 소에 다녀왔다고 하더라고요. 보건소장이 3월 초에 답을 준다 고… 박도옥이랑 장달자가 이번에는 꼭 성공할 것 같다고… 소 장님을 아주 멀리 쫓아버린다고 떠들고 다녔어요."

내가 꼼짝없이 앉아 있자 여자들이 더 이상 어떤 행동도 하 지 못하고 뒷걸음치듯 나갔다.

이영희는 보건소장이 자리에 없다고 매우 사무적으로 말했 다. '혁신'이라는 이름의 장작더미에 불을 댕긴 보건소장은 그 동안 키워 온 꽃들로 울타리 치고 그 안에서 휴대폰을 선택적으로 받으며 이 상황을 주시하고 있을 것이다. 나는 꽃들을 밟고 울타리 안으로 들어가 아우성을 쳐야 했다. 마우스를 움직여 전자문서를 열어 조직도에서 보건소장의 휴대 전화번호를 찾았다. 신호만 갈 뿐, 반응이 없었다. 손이 부들부들 떨려왔다. 나는 왼손으로 오른 손목을 잡으며 재통화를 시도했다. 끝내 전화는 연결되지 않았다.

이장과 목사와 반장이 차례로 들어왔다. 나는 내 잘못이 무엇인지 그들에게 물었다. 아무도 대답하지 않았다. 견디기 힘든 침묵이 고집스레 이어졌다. 먼저 말을 하는 사람이 수류탄 파편이라도 맞을 것처럼, 한숨을 내쉴지언정 마을의 대표들은 어떤 말도 하지 않았다. 그들은 이미 알고 있었다. 내 물음에 대답할 필요가 없어졌다는 것을⋯⋯.

소장님 신상에 어떤 일이 생기면 우리가 시장 찾아가서 결백하다고 말하면 까딱없어요. 그 할망구들이 그러든지 말든지 신경 끊으세요. 노인들이 나를 중상모략하며 마을을 휘젓는 동안, 이구동성으로 사람들은 말했다. 그러나 이제 이장의 침묵하는 얼굴 위로 믿을 수 없는 미소가 번졌다. 그는 3인조와 나 사이에서 비로소 자유를 얻은 것이다.

"시장이 이미 발령을 냈으니 이제 와서 우리가 되돌릴 수는 없는 거고, 앞으로 우리가 해 줄 수 있는 일이 뭐지요?"

반장이 천천히, 그러나 어떤 선을 딱, 그으며 말했다. 이장은 딴 곳을 바라보며 시선을 모으지 않았고 목사는 두 손을 모아 다리 사이에 끼운 채 숙인 고개를 들지 않았다. 조건부로 말하는 반장의 말조차 함께 할 뜻이 없음을 두 사람은 그렇게 표현하고 있었다. 나는 그들과 등을 지고 창밖을 바라봤다.

"이장님은 미리 아셨지요?"

반장의 질문을 무시하고 나는 가라앉은 목소리로 말했다.

"아니, 아닙니다."

단지, 그뿐이었다. 그는 놀랄 만큼 차분했다. 불과 한 달 전만 해도 보건소장을 찾아가 이 모든 마을 안의 문제는 상습적으로 문제를 일으키는 '그들'이 문제일 뿐, 진료소장은 아무 잘못이 없다고 말했다는 그는, 완전히 다른 사람이 되어 있었다.

"아들 결혼식 준비 때문에 시내로 나가봐야겠어요."

이장이 이젠 벗어나고 싶다는 표정으로 말했다.

"아, 그래요. 경사가 있어 바쁘시지요?"

목사가 반색을 했다. 목사 역시 이장처럼 노골적이지는 않았지만 조금도 분노하거나 흥분하지 않았다. 이장이 나가자 반장이 따라 나갔다.

"흠… 저 사람들 좀 보세요. 저게 인간의 모습이에요. 소장님! 인간은 믿음의 대상이 아닙니다. 분명한 건, 아무도 소장님을 도와주지 않을 겁니다. 그러니까 이의도 제기하지 말고 떠나세요. 미적거리면 소장님만 추해져요. 하나님의 뜻이라 생각하고 떠나셔야 합니다."

세 사람이 함께 있을 때, 단 한 마디도 하지 않던 목사는 두 사람이 나가자 숨구멍이 갑자기 트인 사람처럼 청산유수였다. 나는 눈물을 삼키며 어리석게, 그러나 그가 발걸음을 거의 하지 않던 보건진료소에 그 순간 그렇게 제 발로 들어온 의도를 알고자 물었다.

"목사님! 제 잘못이 뭘까요? 제가 나눔의 삶을 실천하지 않아서일까요? 마을 사람들이 보기에는 제가 가진 자에 속할 거 아니에요?"

목사의 눈빛이 빛났다.

"소장님! 이제 하나님이 소장님께 이런 시련을 주신 뜻을 깨달으시는군요. 나누고 이웃과 더불어 살아야 합니다."

먼지를 동반한 회오리바람이 마을을 삼킬 듯 휘몰아치고 있었다.

"벌써 마을에 소문이 났는지 시장님께 탄원서를 올리자는 주민들이 있습니다. 그러나 그건 안 됩니다. 하나님이 보실 때는 박도옥 할머니나 진료소장님이나 모두 같은 영혼입니다. 한 영혼을 궁지에 모는 일을 하는 건 하나님이 원치 않아요. 그렇기 때문에 저는 누구 편도 들 수 없습니다… 지금 창밖의 황사 좀 보세요… 이 마을에서의 소장님 역할이 끝났다는 하나님의 뜻입니다. 순박한 마을 사람들을 갈등 속에 집어넣는 건 평소 바르게 살아오신 소장님답지 않습니다. 이 상황을 받아들이는 것만이 소장님이 이 마을을 위해서 해주실 수 있는 마지막 일입니다."

목사는 어느새 설교하는 톤으로 흥분을 감추지 않았다.

"아이는 어떻게 하구요? 이 모든 게 하나님의 뜻이라면, 이제 막 학교에 뿌리를 내리려는 제 아이를 어디로 뽑아가야 하느냐구요?"

"떠나시면 딸내미는 우리가 데리고 다니겠습니다. 여기서 소장님 댁이 멀지 않으니까 우리 부부가 아침에 소장님 댁으로 가서 등교시키고 다하지요. 대신, 소장님은 주일이 되면, 보란 듯이 성경책 끼고 우리 교회로 나오세요. 그것이 하나님의 뜻입니다. 제가 돕겠습니다. 소장님! 우리 함께 기도합시다."

목사의 얼굴은 환희, 그 자체였다. 내 반응을 보지도 않고 눈을 감았다. 바빠서 일주일에 한두 번 하는 노인체조도 못 참여한다는 사람이 어떻게 매일 지우를 보살핀다는 것일까. 나는 목사를 따라 눈을 감았다. 내 울음 속에 목사의 절규가 섞였다. 두 사람은 일체가 된 것 같았다. 나는 눈을 뜨고 절규하는 목사를 바라봤다. 그는 양미간을 모으고 아버지 하나님을 간절히 되뇌었다. 그의 목소리는 우는 것처럼 들려왔지만 그의 눈가는 좀처럼 젖지 않았다. 어느 순간, 나는 천천히 소용돌이를 빠져나왔다. 나를 구할 수 있는 사람이 곁에 없다는 사실이 두렵지 않았다. 나는 바로 그 지점에서 시작해야 한다는 것을 깨달았다.

밤이 올 때까지 나는 약품 냉장고 모터 소리만 윙, 하며 들리는 텅 빈 진료실에 꼼짝하지 않고 앉아 있었다. 준공식을 마친 지 1년을 넘기며 비로소 시멘트 독이 빠져나간 건물, 더운 날 인부들에게 냉면을 삶아주며 공사한 하얀 울타리, 게시판에 진열된 마을 사람들과의 겨울 산행 사진, 김금송과 함께 애지중지 키웠던 창가의 시크라멘, 노란 봉오리를 맺은 동양란과 키 높이의 행운목과 홍콩 야자수, 윤이 나는 고무나무, 그리고 지난주 산행에서 주민이 꺾어준 산버들 한 아름……. 나는 비루한 인간처럼 웅크리고 앉아 마지막으로 2층의 다락방까지 떠올렸다.

아무도 이겨보지 못한 3인조를 내가 대신 이겨 오래된 원한을 위로받고 활개를 활짝 펴고 살고 싶다던 사람들, 그들은 이제, 나를 응원했던 사실과 패배감을 숨긴 채 재빨리 모두 저쪽에 무리 지어 그 3인조와 함께 앉아 있었다. 나는 아무도 동조해주지 않는 슬픔을 안고 오래도록 깜깜한 창밖을 응시했다.

18. 가장행렬

　지우는 가방을 멘 채 뒷자리에 앉아 내가 알아들을 수 없는 말을 중얼거렸다. 우회전을 해서 또다시 우회전, 그리고 고가도로를 지나자 이 도시 최고층의 빌딩이 나왔다. 나는 신호가 바뀌기를 기다리며 차 안에서 물끄러미 시청 건물을 위에서부터 아래로 훑었다. 빚을 얻어 1,000억을 들여 지었다는 지상 20층의 건물은 이 도시의 공룡이었다. 공룡 이마에는 엑스포 유치 성공기원을 알리는 현수막이 늘어뜨려져 바람에 펄럭이고 있었다. 사방의 차들이 쌩쌩 달려 공룡의 광장으로 몰려갔다.

소나무 숲에 반쯤 가려진 학교에 닿았다. 지우는 차 문을 열며 손을 흔들었다. 지우와 내가 함께 하는 마지막 등교이니만큼 지우의 손을 잡고 함께 교실로 가려다가 나는 그대로 차 안에 앉아 있었다.

"잘 다녀와."

내가 말했다.

"잘 다녀와."

지우가 반향어로 응답했다.

나는 지우가 자발적인 언어를 구사하는 날을 손꼽아 기다렸다. 지우와 대화하는 꿈을 꾸기도 했고 직장에서 지우의 전화를 받거나 혹은 거짓말이 들통난 지우를 혼내는 상상을 하기도 했다.

"엄마 조금 있다가 올게."

"엄마 조금 있다가 올게."

"안녕!"

"안녕!"

지우가 입학하고 처음 한 학기 동안은 지우와 함께 차에서 내려 교실에서 담임이 출근할 때까지 기다렸다가 나왔다. 다음 학기가 되자 차에서 함께 내려 지우와 거리를 좀 두고 걸으며 지우가 신발장에서 실내화로 갈아 신고 교실에 들어가는 것을 보고 돌아왔다. 2학년이 되자 나는 차 안에 그대로 있고 지우 혼자 차 문을 열고 내려 2학년 교실을 찾아갔다. 그런 날들이 이어져 하루하루 그 모든 것들이 좋아지리라 기대했다.

나는 아무런 필요도 없는 교과서가 든 가방을 메고 저만큼 걸어가는 지우의 뒷모습을 막막하게 바라보다가 지우의 모습이 보이지 않자 위현리로 향했다. 지우를 학교에 내려주고 출근할 때까지의 익숙했던 그 모든 날이 이제 과거로 돌아서고 있었다.

내 후임자는 50대의 전우희였다. 이번 인사발령은 정년퇴직을 몇 년 남겨두지 않은 그녀가 좀 더 가까운 근무지에서 공직생활을 마감할 수 있도록 배려하기 위한 것이었다는 소문이 돌았다.

"어서 와. 이장님 인상이 좋더라. 목사님도 다녀가셨어. 오늘 엑스포 유치 성공 기념 가두행진이 시청 앞에서 있잖아. 다들 거기 갔다가 운영위원들이랑 인사하러 오겠다고……."

전우희는 다소 들뜬 표정으로 내게 인수인계서를 내밀었다. 운영협의회장과 후임자의 자리에 이미 도장이 찍혀 있었다. 나는 인계자 칸에 천천히 도장을 찍고 일어났다. 어떤 후회는 없었다. 달리 무엇을 어떻게 할 수 있었을까.

"왜 그렇게 잘해줬어? 소외되고 외로운 사람들과는 늘 거리를 둬야 해. 가까이 가면 결국은 다친다고!"

나는 주목이 탐스럽게 심어진 정원에 서서 천천히 그녀를 돌아보았다. 자그마한 체구에 짧은 머리의 전우희는 마치 단 한점의 오류도 없는 사람처럼, 또 처음부터 끝까지 모든 것을 알고 있는 것처럼, 현관에 서서 당당하고도 확신에 찬 어조로 말했다.

"… 사랑방이 되어 주라면서요?"

그녀는 고개를 가로저으며 알 듯 모를 듯한 표정을 지었다.

나는 차에 올라 풍력발전기가 돌아가는 먼 산을 바라보았다. 문득 '아웃'이라는 단어가 떠올랐다. 나를 향해 다가오는 거대한 파도를 깨닫지 못한 채 나는 마냥 모래 위에 집만 짓고 있었던 건 아닐까.

눈앞이 흐려오고 위가 아팠다. 나는 가슴을 움켜잡고 식은땀을 흘리며 위현리를 빠져나왔다. 그동안 음식을 삼킬 수 없었고 주방의 조리대에 설 수 없었다. 식탁 위에는 펼치지 않은 신문이 쌓였고 규칙적이던 생리가 예정일을 열흘이나 넘기고도 소식이 없었다. 내 일상과 내 몸의 모든 순환이 그렇게 정전이 된 듯 멈추었지만 시간은 여전히 흘러갔다. 아파트 단지 내의 목련은 작년 봄과 다름없이 뽀얀 움을 틔웠고 이웃들은 일상 속에서 부산하게 움직였다. 지역 언론은 엑스포 소식을 담기에도 모자랐고 도시 전체는 영광의 그날을 기다리며 부풀어 올랐다.

온통 내가 동조할 수 없는 것 투성이었지만 모두가 확신에 찬 얼굴로 일제히 희망의 행렬에 가담했다. 내가 말하는 것을 그들이 알아듣지 못하고 그들이 느끼는 것을 내가 느끼지 못한다는 것, 나도 어쩌면 다락방에 갇혀 소통 부재의 이 세상에서 자폐증을 앓아 왔는지도 모른다.

아련하게 들려오는 함성은 시청 쪽이었다. 모든 감각이 마비되는 듯하면서 현기증이 느껴졌다. 점점 시야가 흐릿해졌다. 붉은 행렬이 높디높은 공룡과 함께 일렁였다. 내가 그 속으로 빨려 들어간다는 느낌이 드는 그 순간, 이 모든 건 내가 준공식 날 돼지머리 앞에서 절을 하지 않았기 때문에 일어난 일일지도 모른다는 생각이 들었다. 나는 공룡의 광장을 바라보며 웃기 시작했다. 획일적이고도 탄력 없는 돼지머리 앞의 수많은 엉덩이들이 붉은 행렬 속으로 묻혔다.

너무 늦었거나 너무 이른, 그리고 여전한

불가항력의 상황은 불가항력이 아니며,
그것은 언제나 인간이 만드는 상황일 뿐이다.

십 년이 흘렀다.
그동안 나는 여전히 군중이 지나가며 일으키는 먼지 속에 혼
자 서 있다가
지난해 이맘때, 멀리 바다가 보이는 곳에 작업실을 얻었다.
점점 더 어깨를 누르는 돌덩이를 내려놓고 숨을 쉬고 싶어서였다.

이따금 작업실을 나와 물과 풀과 나무가 있는 곳을 걸으며
그 투명한 세계에 나를 내려놓을 때,
이상하게도 고개 너머의 어느 마을이 떠오르곤 한다.
안개 자욱한 령 위의 노란 달맞이꽃과 밭둑의 하얀 찔레꽃, 그
리고 봄이 되어야만 흙을 볼 수 있게 하던 끝없는 눈!
눈의 고장 그곳에서 살 때까지 나는 젊었고, 다가올 일을 반도

모르고 있었던 것 같다.

가끔은 사람들이 내게 말한다.
너무 오래 머물렀던 것은 아니냐고.
또, 사람들이 내게 말한다.
더 머물렀어야 하지 않느냐고.
모두 맞는 말일 것이다.

오래전에 발표한 작품의 개정판을 내게 되어 조금은 겸연쩍기도
하지만
『아웃』이 계속 읽힐 수 있다면, 작가로서는 매우 고마운 일이다.
기회를 주신 KL 매니지먼트 이구용 대표님과 가쎄 출판사에
감사드린다.

2018년 11월 허난설헌 생가터를 바라보는 곳에서

아웃
Out

ⓒ주영선 2018

초판 1쇄 발행 2008년 9월 22일
개정판 1쇄 발행 2018년 12월 31일

지은이 주영선

펴낸곳 도서출판 가쎄 [제 302-2005-00062호]
주소   서울 용산구 이촌로 224, 609
전화   070. 7553. 1783 / **팩스** 02. 749. 6911
인쇄   정민문화사

ISBN 978-89-93489-80-4 03810

값   13,800원

www.gasse.co.kr
berlin@gasse.co.kr